# BIBLIOTHÈQUE ILLUSTRÉE

## DE LA JEUNESSE CHRÉTIENNE,

APPROUVÉE

PAR MONSEIGNEUR L'ÉVÊQUE DE LIMOGES.

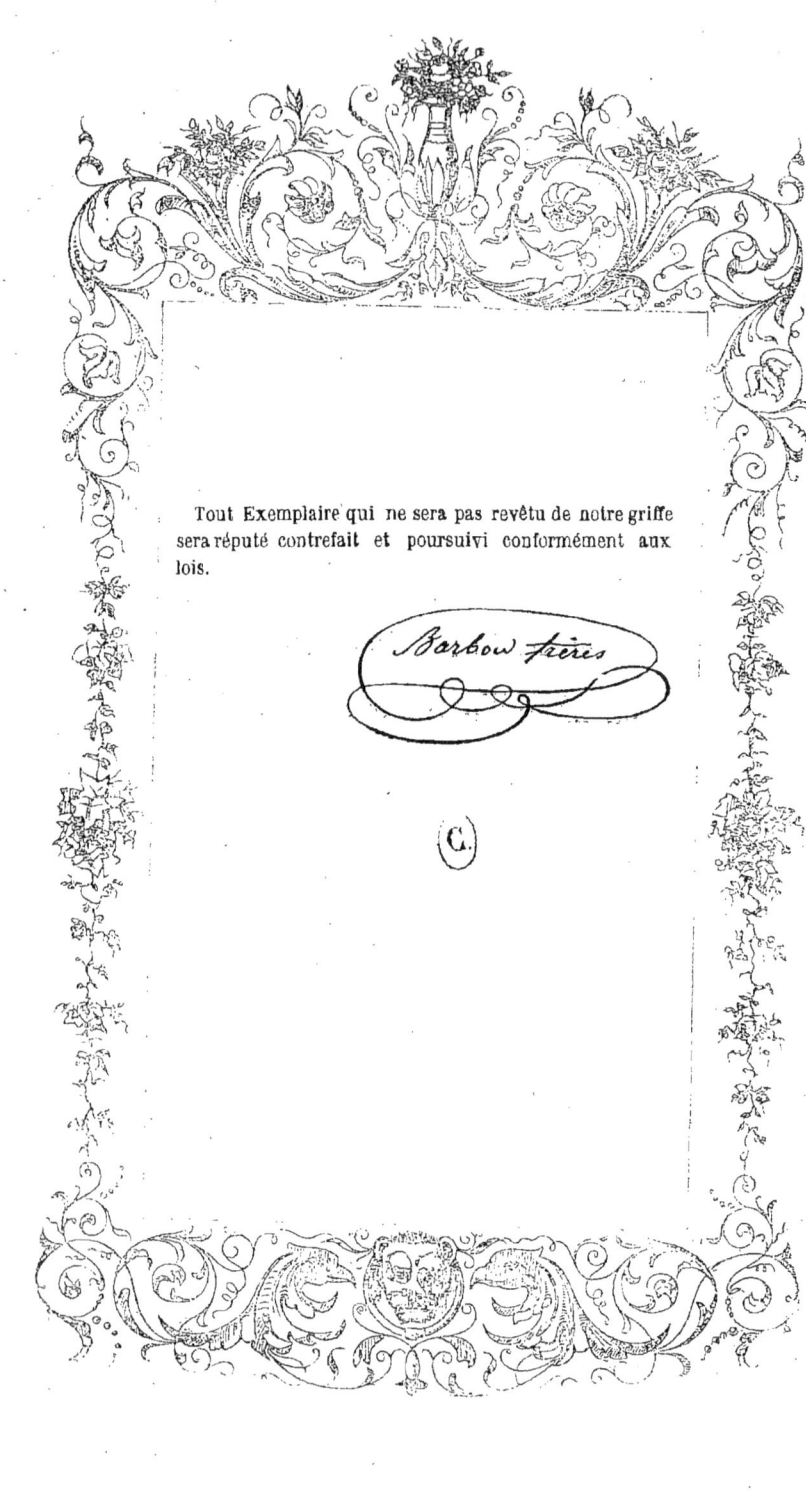

Tout Exemplaire qui ne sera pas revêtu de notre griffe sera réputé contrefait et poursuivi conformément aux lois.

Barbou frères

(C.)

# RUTH ET CASPER

SUIVI DE

## LA SOIRÉE DU LENDEMAIN DE NOEL.

Que je suis malheureux disait le petit Casper

# RUTH ET CASPER

OU

## SOIS SAGE ET TU SERAS HEUREUX !

HISTOIRE D'UN ENFANT

CORRIGÉ PAR LES ENSEIGNEMENTS D'UNE PETITE FILLE CHRÉTIENNE ;

SUIVI DE

## LA SOIRÉE

## DU LENDEMAIN DE NOEL.

PAR M<sup>me</sup> CASTEGNIER.

LIMOGES.

BARBOU FRÈRES , IMPRIMEURS-LIBRAIRES.

1859

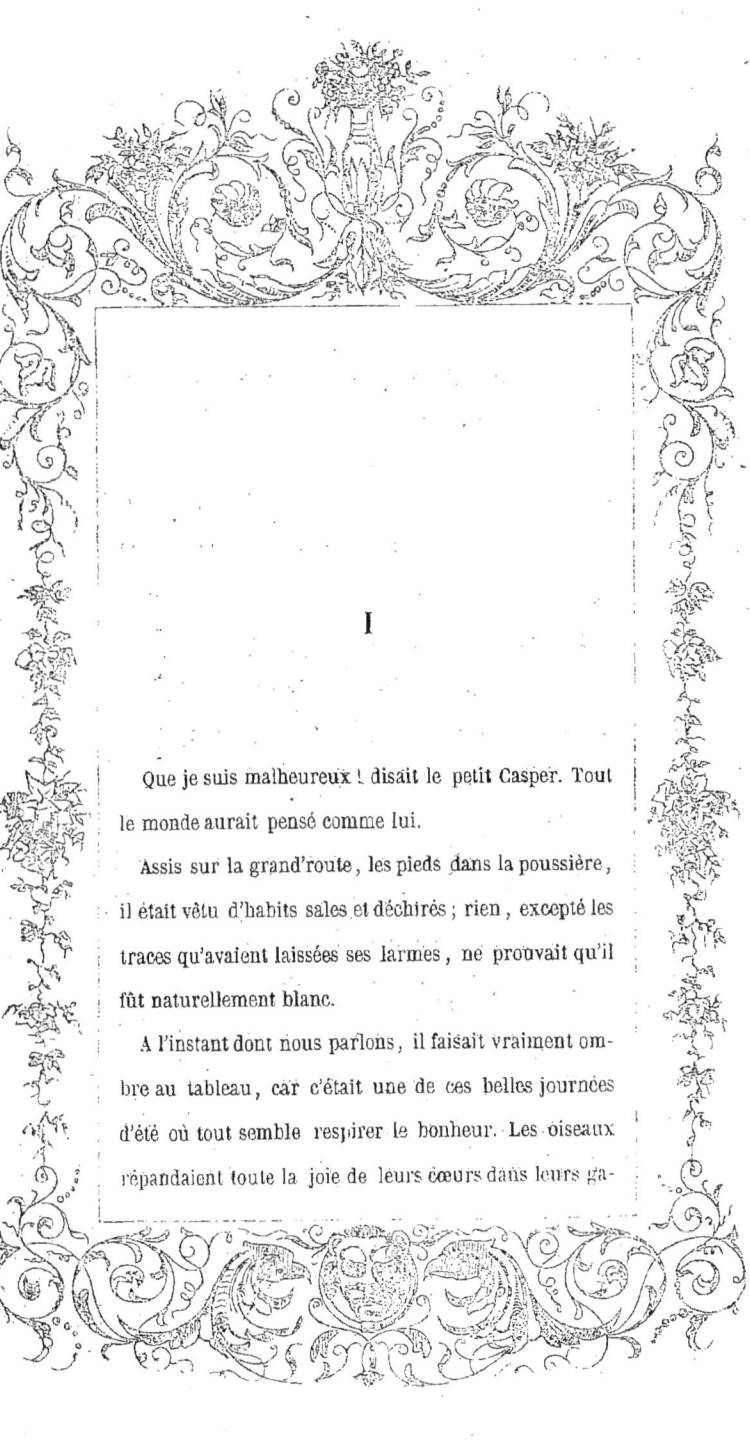

# I

Que je suis malheureux ! disait le petit Casper. Tout le monde aurait pensé comme lui.

Assis sur la grand'route, les pieds dans la poussière, il était vêtu d'habits sales et déchirés ; rien , excepté les traces qu'avaient laissées ses larmes , ne prouvait qu'il fût naturellement blanc.

A l'instant dont nous parlons, il faisait vraiment ombre au tableau, car c'était une de ces belles journées d'été où tout semble respirer le bonheur. Les oiseaux répandaient toute la joie de leurs cœurs dans leurs gazouillements; les fleurs épanouies embaumaient la brise, et c'était un dimanche encore! le plus beau de tous les jours! Aussi, du village situé sur le penchant de la colline, arrivait le tintement des cloches de l'église. Oh! qu'elles étaient musicales! non pas les cloches elles-mêmes, car elles étaient vieilles et usées par le travail, comme la plupart des villageois; mais toutes vieilles qu'elles étaient, elles trouvaient des choses bien douces et bien consolantes à dire! Chaque fois que Casper les entendait, un nouveau ruisseau de larmes inondait son visage.

Oh! oui, je suis bien malheureux, dit-il encore, après un de ces accès de douleur. Il se leva, puis se rassit, et regarda autour de lui. Il était exténué; ses yeux errèrent sur les objets environnants, jusqu'à ce qu'il les eût tous passés en revue: les quelques maisons du village, la verte colline, les arbres pleins de feuilles et les oiseaux pleins de joie, le chemin, le petit étang et le ciel bleu. Dieu! comme il était bleu ce ciel! A peine y apercevait

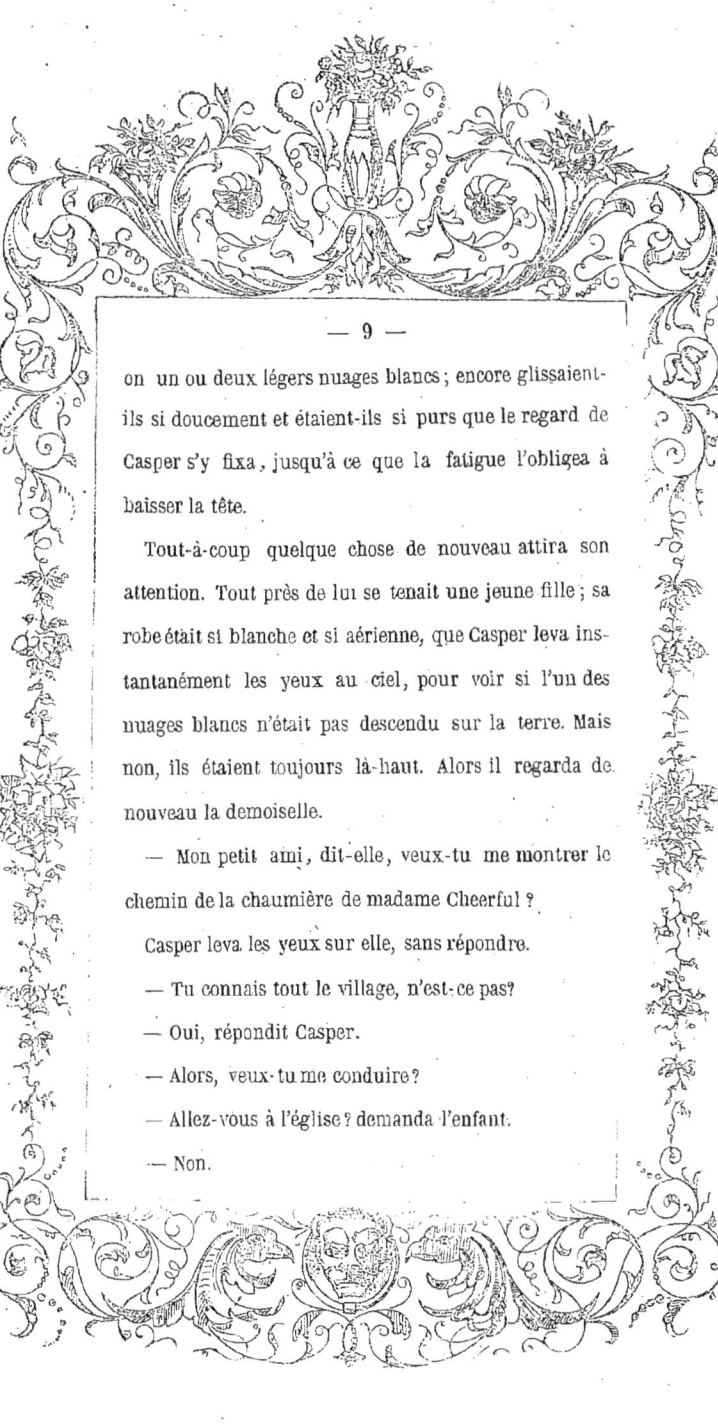

on un ou deux légers nuages blancs ; encore glissaient-ils si doucement et étaient-ils si purs que le regard de Casper s'y fixa, jusqu'à ce que la fatigue l'obligea à baisser la tête.

Tout-à-coup quelque chose de nouveau attira son attention. Tout près de lui se tenait une jeune fille ; sa robe était si blanche et si aérienne, que Casper leva instantanément les yeux au ciel, pour voir si l'un des nuages blancs n'était pas descendu sur la terre. Mais non, ils étaient toujours là-haut. Alors il regarda de nouveau la demoiselle.

— Mon petit ami, dit-elle, veux-tu me montrer le chemin de la chaumière de madame Cheerful ?

Casper leva les yeux sur elle, sans répondre.

— Tu connais tout le village, n'est-ce pas ?

— Oui, répondit Casper.

— Alors, veux-tu me conduire ?

— Allez-vous à l'église ? demanda l'enfant.

— Non.

.— Où alors ?

— Chez madame Cheerful.

—Est-ce que vous n'y avez jamais été ?

— Oh ! si, bien souvent.

—Eh bien ! alors, vous savez le chemin, dit Casper, retombant dans son apathie.

— Non, je ne le sais pas de ce côté-ci, et si je retourne sur mes pas, pour prendre l'autre route, j'arriverais trop tard.

Voyons, ne veux-tu pas me conduire?

— Non, je ne puis pas, dit Casper avec un nouveau sanglot provoqué par la vue de ses pauvres petits pieds poussiéreux, qui contrastaient avec la belle robe blanche. Je ne puis pas, je suis trop malheureux !

— Malheureux ! dit la demoiselle; mais tu le seras toute ta vie, si tu n'es pas bon pour les autres.

—- Toute ma vie ! s'écria l'enfant d'un air désespéré.

— Sans doute; mais pourquoi ne commencerais-tu pas tout de suite à faire quelque chose pour moi, par exemple? Voyons, lève-toi, et mène-moi chez madame Cheerful.

— Pourquoi faire ?

— Mais parce que je t'en prie. Est-ce que tu ne cherches jamais à faire plaisir à personne ?

— Je ne sais pas... Papa ne le fait pas, lui, toujours. Il faisait tout ce que maman ne voulait pas... Voilà pourquoi je suis ici. Maman est morte, il me chasse ! J'étais son petit garçon à elle, et je suis bien malheureux!

— Oh ! ne pleure pas ainsi, dit la demoiselle, se baissant vers lui. A quoi bon ? Voyons, comment t'appelles-tu ? Johny, Tommy ou Willy ?

— Mon nom est Casper. J'avais un frère Johny ; mais il est mort, lui...

— Allons ! ne pleure plus... Tu dois être bien malheureux en effet, assis là dans la poussière. Pourquoi ne pas te lever et te nettoyer la figure, pour te donner au moins l'air d'un chrétien ?

— Qu'est-ce que c'est qu'un chrétien ?

— Mon Dieu ! dirait-on que cet enfant vit dans un pays civilisé ! dit la jeune fille. Ne serais-tu pas content, Casper, si quelqu'un tâchait de te rendre moins malheureux.

— Oh ! si, répondit-il.

— Eh bien, tâche, toi, d'adoucir le malheur des autres. Je ne suis certes pas malheureuse, mais madame Cheerful que je vais voir, elle est aveugle, Casper... aveugle, pense-donc ! et très-pauvre. Ne veux-tu rien faire pour elle?

— Je ne puis pas, dit Casper.

— Mais si.... tu peux me conduire chez elle, et je vais lui faire la lecture.

C'était pour Casper une idée si nouvelle et si étrange, d'essayer de soulager quelqu'un, qu'il se leva tout-à-coup, sans ajouter un mot, et commença à marcher, avec ses petits pieds nus, vers la demeure de madame Cheerful.

Il allait si vite, que plus d'une fois sa compagne lui

cria : « Attends, Casper; si tu marches aussi vite, tu me rendras malheureuse aussi. » Cette remarque l'arrêtait court. »

— Est-elle malheureuse? dit-il en approchant de la chaumière !

— Qui? madame Cheerful? je crois bien : elle est pauvre et aveugle !

— Y a-t-il encore d'autres malheureux?

— Mais oui, enfant; beaucoup. Presque tout le monde, dans le village, d'une façon ou d'une autre. Mon Dieu! n'as-tu donc jamais vu de malheureux que toi?

— Et maman !

— Il y en a bien d'autres, va... Allons, adieu, dit-elle, en lui donnant une petite pièce de monnaie. J'espère que demain tu seras moins triste.

Casper s'arrêta et la suivit des yeux, jusqu'à ce qu'elle fut dans la cabane. Puis, saisi du désir de voir une personne aussi malheureuse que devait en avoir l'air madame Cheerful, il s'approcha de la chaumière, et chercha un trou par lequel il pût regarder.

Ce n'était pas chose rare : la cabane était construite en planches, et, en bien des endroits, la mousse qui garnissait les fentes avait été écartée par le vent. Casper trouva donc, sans peine, un poste d'observation ; mais, quand il pénétra du regard dans la chaumière, il n'y vit pas tout-à-fait ce à quoi il s'attendait. L'intérieur de la hutte répondait à l'extérieur, avec ses murs faits de grosses planches mal jointes, son plancher inégal et usé, et sa toute petite fenêtre. Le lit était mince, et recouvert de couvertures si vieilles, qu'on voyait clair à travers. Mais elles étaient fort propres, et un petit Christ en bois noir, suspendu à la tête du pauvre lit, semblait là pour faire oublier aux habitants de la hutte leur profonde misère. Une petite table à trois pieds, sur laquelle était posé un gros livre, puis deux tabourets et un fauteuil, dont le dossier et le siége étaient recouverts de lambeaux de tapis, formaient tout le chétif mobilier.

Une bouilloire à thé, une poële et un gril étaient près de l'âtre; deux tasses, quelques assiettes, un plat d terre étaient rangés avec ordre sur les planches d'un petit buffet.

Mais tout cela était si bien entretenu, les ustensiles si brillants, le soleil qui inondait la chaumière si radieux, qu'il y avait un air de gaîté qui étonnait l'enfant, habitué à une pauvreté bien plus affligeante.

Sur le seuil, deux ou trois moineaux sautillaient, l'un d'eux avait même osé entrer et pépiait en tournant sa jolie tête, comme s'il s'attendait à quelques miettes de pain, sa pitance habituelle.

Dans un coin de la cheminée, quoiqu'il n'y eût pas de feu, était assise une fille à l'air rude et grossier, comme la hutte elle-même. La demoiselle, en robe blanche, était sur l'un des tabourets; son chapeau suspendu à son bras; en face d'elle, dans le vieux fauteuil, était madame Cheerful. Les yeux de Casper avaient long-temps erré autour de la chambre; mais quand ils

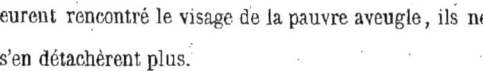

eurent rencontré le visage de la pauvre aveugle, ils ne
s'en détachèrent plus.

Elle était vêtue d'une robe d'étoffe grossière, d'un
gris foncé ; elle portait un tablier brun et des souliers
noirs ; ses cheveux étaient bien proprement relevés, et
un large ruban marron, qui couvrait ses yeux, étai
attaché derrière sa tête. Ses mains reposaient tranquillement sur ses genoux, et son sourire était si calme et si
radieux, que Casper en fut frappé. Il regardait, regardait tantôt avec un œil, tantôt avec l'autre. Bientôt il
vit la demoiselle prendre le gros livre et lire. Il ne pouvait entendre ce qu'elle lisait ; mais il remarqua que la
fille qui était dans le coin avait grande envie de dormir,
tandis que madame Cheerful écoutait attentivement, et
interrompait de temps en temps la lectrice pour parler
à son tour. Enfin la jeune fille ferma son livre et remit
son chapeau ; alors Casper se leva et se sauva vite, sans
trop savoir pourquoi.

Derrière la maison il y avait des bois, et dans ces bois

coulait un ruisseau, au bord duquel Casper s'assit. Sa misère, qu'il avait un instant oubliée, recommença à 'accabler. Il se mit à regarder les petits étangs que formait le ruisseau en passant derrière de grosses pierres. Il y aperçut une quantité de menus poissons qui frétillaient ; à l'approche de Casper ils se cachèrent, puis reparurent quand celui-ci fut redevenu tranquille. Il leva ensuite les yeux vers les arbres qui se balançaient au-dessus de sa tête, et qui étaient remplis d'oiseaux aussi joyeux, mais plus actifs que les poissons.

Les uns étaient de petits chanteurs qui inclinaient leur tête de côté, en disant : ba, bi, d'un ton si lamentable, que Casper se figura qu'ils n'étaient pas heureux non plus. Puis il y avait de grands geais bleus, qui ne s'occupaient de personne que pour gronder.

Casper aperçut aussi de petits moineaux bruns, semblables à ceux qui sautillaient sur la porte de madame Chéorful.

Un de ces derniers vint se percher sur un arbre qui

était couché en travers du ruisseau, fît aller sa petit tête deux ou trois fois, en se tournant vers Casper, et se mit à chanter (du moins ce dernier le comprit ainsi) :

> Vois, petit garçon, la belle eau !
> Baigne-toi dans ce clair ruisseau
> Qui t'offre une onde fraîche et pure ;
> Jouis enfin des biens que donne la nature.

Et il se jeta dans le ruisseau, comme pour prêcher d'exemple. Casper le crut noyé, [mais non, il reparut tout ruisselant, secoua ses plumes et plongea de nouveau. Casper se demandait si l'oiseau avait appris à se nettoyer ainsi à force d'aller dans la chaumière si propre de madame Cheerful, ou s'il se lavait pour y aller. Alors le petit moineau se baigna une troisième fois, et s'envola en chantant :

> Vois, petit garçon, la belle eau !
> Baigne-toi dans ce clair ruisseau
> Qui t'offre une onde fraîche et pure ;
> Jouis enfin des biens que donne la nature.

Il paraissait si content, si heureux après ce bain, que Casper se sentait tout disposé à essayer l'effet du ruisseau. Il se hasardait à y tremper le bout de ses pieds, lorsqu'il entendit une douce voie derrière lui.

— Petit garçon? dit-elle.

Casper se retourna, s'attendant à voir un autre moineau venu pour lui donner encore une leçon de propreté; mais ce n'était qu'une petite fille. Casper ne pouvait comprendre pourquoi elle lui semblait si jolie. Pourtant, se disait-il, sa robe n'est pas d'une étoffe plus belle que ma blouse.

Elle portait, en effet, une simple robe de cotonnade bleue, avec de gros souliers noirs et des bas de coton blanc tricotés; son chapeau de paille était, pensa Casper, le plus commun qu'il eût jamais vu. Il était noué sous son menton avec des brides noires; le même ruban entourait la calotte, il n'y avait même pas de nœud.

Casper l'examinait de la tête aux pieds, pendant qu'elle le regardait, de son côté.

— Petit garçon, dit-elle, as-tu été à la messe ?

— Non, répondit Casper, et toi ?

— Oh ! oui, dit l'enfant. Pourquoi donc n'y as-tu pas été ?

— Je n'y vais jamais, répondit Casper.

La petite fille parut surprise, et plus encore chagrine.

— J'y vais toujours moi, dit-elle simplement, et ma mère y allait aussi autrefois ! Pourquoi n'y vas-tu pas ?

— Je ne puis pas, soupira Casper... Je n'ai pas d'habits. Personne ne me dit d'y aller, et je suis tout sale, et... et... je suis trop malheureux !

— O mon Dieu ! dit la petite, en ouvrant de grands yeux, et prenant l'air encore plus grave. Mais pourquoi ne te nettoies-tu pas pour ôter cette poussière ?

Certes, cela était très-facile, mais il ne convenait pas à Casper, en ce moment, qu'on lui indiquât ce qu'il pouvait faire ; il préférait s'appesantir sur les choses qui lui étaient impossibles, il se contenta de répondre : Cela m'est bien égal.

— Pourquoi as-tu pleuré, dit la petite fille, après un moment de silence.

— Parce que je suis malheureux, répondit Casper, et ses larmes recommencèrent à couler. Maman est morte, et il n'y a plus personne.

— O mon Dieu! dit encore la petite d'un air pénétré. Et elle resta silencieuse comme avant, puis elle reprit,

— Veux-tu venir voir ma mère?

— Où demeure-t-elle, demanda Casper, en levant les yeux?

— Ici tout près dans cette chaumière.

— C'est madame Cheerful qui est ta mère?

— Oui.

— Elle n'est pas du tout malheureuse, dit Casper; on me l'avait dit pourtant.

— Oh! non, dit vivement l'enfant, ma mère n'est pas

malheureuse ; elle ne peut pas l'être, le bon Dieu l'aime tant.

— Comment sais-tu ça, dit Casper, que ce nouveau cours d'idées intéressait au dernier point.

— Parce qu'elle l'aime plus que tout au monde, répartit l'enfant, et Dieu a dit :

« J'aime ceux qui m'aiment. »

— Pourquoi alors l'a-t-il laissée devenir aveugle ?

— Je ne sais pas, répondit l'enfant, d'une voix émue, et cacha sa figure dans ses mains et fondit en larmes.

— Oh ! je ne savais pas que cela te ferait pleurer. Je suis bien fâché de te l'avoir dit.

— J'étais si heureuse ! reprit la petite, levant les yeux et ayant l'air de s'excuser de pleurer, j'étais si heureuse avant la maladie de ma mère ! Elle sortait avec moi, nous regardions les oiseaux, les fleurs, qu'elle aime tant !

— Est-ce qu'elle ne sort plus maintenant ?

— Non, dit la petite, avec un gros soupir. Il est rare

qu'elle ait la force d'aller loin, et d'ailleurs elle ne voit plus rien! Oh! viens donc la voir!

— Je l'ai vue, dit Casper.

— Ah! elle t'a parlé?

— Non, je ne l'ai vue qu'à travers les fentes des palissades.

La petite fille le regarda, fort étonnée de cette manière de voir les gens.

— Eh bien, dit-elle, viens la voir tout-à-fait.

— Non, je ne veux pas, répondit Casper, j'irai à la porte, mais je n'entrerai pas, je suis trop sale. Et il se leva et suivit sa nouvelle amie, se demandant si la poussière pourrait jamais avoir prise sur elle.

— Où as-tu eu ton chapeau, demanda-t-il tout-à-coup?

— C'est moi qui l'ai fait.

— Tu ne l'as pas tressé?

— Si, dit la petite, maman m'a appris à tresser, et

M. Sickles, le fermier, m'a permis de prendre dans sa grange la paille d'avoine qu'il me fallait.

— Eh bien ! pourquoi y as-tu mis un ruban noir ?

« Parce que ma mère n'en avait pas d'autre, répondit simplement l'enfant. Ce n'est pas aussi joli que du bleu; mais le ruban est large et bien commode à attacher ; mon chapeau ne s'envole jamais... Comment t'appelles-tu ? »

« Casper Knight. »

« Et moi Ruth Cheerful. Maman sera bien contente de te voir, j'en suis sure, ajouta-t-elle. A bientôt, Casper. »

Casper rasta immobile, jusqu'à ce que la petite robe de cotonnade eût entièrement disparu dans la cabane, et alors il s'enfuit en courant de toutes ses forces, dans la crainte, sans doute, que madame Cheerful ne sortît pour l'appeler.

## II

Pendant plusieurs jours, Casper évita soigneusement d'aller du côté de la chaumière de madame Cheerful; non qu'il se plût davantage chez lui : tout y était comme de coutume, aussi sale, aussi bruyant et aussi désagréable que possible.

Casper passait presque tout son temps dehors : au résumé, il était fort malheureux, mais il ne pouvait se décider à aller à la cabane. D'ailleurs, il ne trouvait aucun motif pour s'y présenter. Ah! si la belle demoiselle fût venue alors lui demander de la conduire, avec quelle joie il l'eût fait! Pendant plusieurs jours, il se promena, s'assit sur la route où il l'avait rencontrée, espérant toujours qu'elle y reviendrait, et lui donnerait quelque commission pour madame Cheerful. Mais personne ne vint. Il ne vit que les charrettes qui soulevaient de gros nuages de poussière; les garçons du village qui cherchaient à l'entraîner à jouer avec eux, ou leurs parents qui l'appelaient propre à rien et paresseux. »

Le pauvre Casper commençait à avoir grande envie de revoir la bonne petite figure de Ruth et sa robe si propre, et il se demandait si le moineau continuait à se baigner. Tout-à-coup, il se souvint que Ruth lui avait dit que sa mère aimait beaucoup les fleurs, et que la belle demoiselle lui avait prédit qu'il serait toujours malheureux, s'il ne faisait jamais plaisir aux autres.

Casper se leva d'un seul bond et courut à toutes jambes vers une prairie où il avait remarqué des fleurs; en effet, il y en avait une quantité.

La prairie était fort mouillée; mais qu'importe!

Casper relève son pantalon et s'enfonce dans la vase. Le voilà marchant, sautant de marais en marais, sans s'inquiéter un instant de la boue, jusqu'à ce qu'il eût les mains pleines de fleurs. Mais aussi, quand il sort de là, il se regarde avec épouvante. C'était déjà bien assez de la poussière, mais la boue était cent fois pire, et l'une ajoutée à l'autre le rendaient curieux à voir. Pouvait-il, dans cet état, porter des fleurs à madame Cheerful, et marcher sur son plancher si propre?

— Que je suis malheureux! — s'écria-t-il, en jetant les fleurs et se cachant les yeux avec les mains. Il faut avouer que cela ne contribua pas à lui rendre la figure plus blanche.

Alors il se souvint des douces paroles de Ruth :

— Pourquoi ne te laves-tu pas?

Casper regarda ses mains : « de l'eau m'ôterait toute cette saleté là, » pensa-t-il, et il se dirigea, en toute hâte, vers la source qui sortait de la prairie.

L'eau qui bouillonnait sur les cailloux était pure, et

la boue était bonne enfant, elle s'en alla sans peine et la poussière en fit autant. Casper ne reconnaissait plus ses mains, et il n'aurait pas reconnu sa figure, s'il l'avait vue. Il aurait bien voulu laver sa veste; mais elle n'aurait pas séché assez vite; alors il l'ôta, la secoua et la remit. Ensuite il lissa ses cheveux avec ses mains mouillées, et arrachant une poignée d'herbe, il essaya d'enlever les taches de boue qui couvraient son pantalon. Ensuite il trempa ses fleurs dans le ruisseau, pour leur donner de la fraîcheur, et se jugeant prêt, il partit.

Il était bien amusant à voir s'en aller à la chaumière; tantôt bondissant sur un monticule de gazon, tantôt marchant à grande peine sur un morceau de bois ou sautant de pierre en pierre, et tout cela afin de ne pas se salir les pieds.

En approchant de la chaumière, le souvenir des petits souliers noirs de Ruth lui fit pousser un soupir; lui qui n'en avait pas! Il s'arrêta..... il n'osait avancer. Il regardait les oiseaux s'envoler vers la source, quand il entendit une voix dans le bois, et comme elle approchait, il distingua ces mots :

> Enfant Jésus, tout comme toi,
>
> Je veux être docile et sage !
>
> Mais pour t'imiter, à mon âge,
>
> D'un guide j'ai besoin : daigne veiller sur moi.

Et la petite Ruth Cheerful lui apparut sortant de la forêt avec un grand panier de menu bois et de copeaux, sur la tête. Casper regarda à terre, pensant aux souliers noirs ; mais il ne vit sur la mousse que les pieds nus de Ruth.

— Bonjour, dit-elle. Pourquoi n'es-tu pas venu plus tôt. Oh ! les jolies fleurs !

—Les veux-tu, dit Casper en lui tendant son gros bouquet de coucous ?

Ruth posa son panier et prit les fleurs.

— Comme elles sont jolies ! dit-elle ! Merci, Casper. Les as-tu apportées exprès pour moi.

— Oui, répondit-il... c'est-à-dire, non... tu m'as dit que ta mère aime beaucoup les fleurs.

— Oh! c'est encore mieux, dit-elle, en sentant les coucous. Tu viendras la voir aujourd'hui, n'est-ce pas ?

— Non, je ne pense pas, dit Casper, dont l'assurance semblait l'avoir abandonné avec les fleurs.

— Oh! si, je t'en prie, viens... Elle reprit son panier et se mit en route, tandis que Casper la suivait d'un pas mal assuré.

— Ruth ! s'écria-il ! attends !

— Que veux-tu !

— Je n'entrerai pas décidément, dit-il; descendons plutôt jouer près de la source.

— C'est impossible, répondit Ruth, maman ne serait pas contente, il faut que je m'en aille; et elle s'achemina vers sa demeure.

Casper la suivait. Je devrais bien au moins, se disait-il, lui offrir de porter son lourd panier... il serait moins pesant pour moi que pour elle; mais non , au fait , ça m'ennuierait.

Alors il lui sembla entendre ces paroles de la demoiselle à la robe blanche : « N'essaies-tu jamais de soulager les autres ! »

— Ruth , dit-il , ton panier est-il lourd ?

— Assez , répondit celle-ci , dont les petites jambes chancelaient.

— Donne-le moi , je le porterai.

— Oh ! merci, dit Ruth , s'arrêtant tout court avec un visage rayonnant. Cela me reposera ; mais je ne sais si tu pourras.

— Un garçon peut bien faire autant qu'une fille... les hommes sont les plus forts..... Où est donc ton autre chapeau.

Oh ! c'est celui du dimanche , répondit Ruth , dont le chapeau de tous les jours était attaché avec des brides de flanelle rouge.

— Veux-tu porter le panier , à la main ?

— Sur la tête, dit Casper, comme toi.

— Je croyais que tu aimais mieux ça, reprit Ruth ; moi, je ne puis pas, parce que je ne suis pas assez forte. Eh bien ! baisse-toi, je vais te le placer sur ta tête.

Casper se baissa, et quand le panier fut posé, il le tint à deux mains pour le maintenir; mais, se rappelant que Ruth ne le tenait pas dutout, il ôta tout-à-coup ses mains. La chute du panier s'ensuivit... Patatras... une pluie de copeaux sur les épaules de Casper: il en était couvert, il en avait dans les cheveux, dans les poches, et le panier dégringolait la colline.

— Quel détestable panier, dit-il avec colère.

— Oh! répartit la douce Ruth, ne parle pas comme ça, maman dit toujours qu'on ne doit détester que ce qui est méchant.

— Eh bien ! pourquoi n'a-t-il pas voulu rester sur ma tête ?

Ruth aurait pu, certes, lui répondre : parce que tu ne sais pas le porter, mais elle était si bonne, qu'elle n'en fit rien. Elle ne se moqua pas du tout de lui. Enfin, dit-elle, une autre fois peut-être y restera-t-il. Et elle courut après le panier mal élevé qui descendait la colline. Hureusement elle le rattrapa. Casper, au lieu de lui aider, ne bougea pas, et se contenta de la regarder. Il ramassa bien un peu de bois, mais de mauvaise grâce, et dévoré de l'envie de donner un coup de pied dans l'innocent panier.

— Pourquoi faire ramasses-tu du bois, demanda-t-il ?

— Pour brûler, répondit Ruth.

— Nous n'en ramassons jamais, nous.

— Probablement, vous n'êtes pas aussi pauvres que nous, dit la petite fille avec douceur ?

Casper se releva et la regarda un instant, pendant qu'elle entassait le bois dans le panier. « Eh bien! dit-il enfin, si Dieu aime ta mère, comme tu le prétends, pourquoi ne lui donne-t-il pas de grosses bûches pour faire du feu ?

— Je ne sais pas, dit Ruth, tout en continuant son ouvrage.

— Non, parbleu ! je le crois bien.

— Ruth le regarda d'un petit air chagrin.

— Oh ! Casper, dit-elle, ce n'est pas bien de dire cela.

— Pourquoi donc ?

— Je ne sais pas au juste ; mais je suis sûre que c'est mal. Peut-être ne méritons-nous même pas de copeaux.

— Pourquoi ? demanda encore Casper, irrité par la chute du panier.

Ruth plaçait les derniers morceaux de bois qui étaient les plus longs sur le dessus du panier, les enfonçant bien et en mettant de petits dans les coins. Occupé de son travail, elle ne répondit rien.

— Où est donc mon grand morceau d'écorce, dit-elle, en cherchant des yeux ? oh ! le voici ! Regarde, Casper, c'est comme un couvercle : ce sont des éclats de bois de chêne. Comme ils sentent bon, n'est-ce pas ?

— Non, je ne trouve pas, répartit Casper. Où les as-tu trouvés ?

— Là-bas, dans le bois où M. Broadaxe coupe des arbres, c'est lui qui m'en a donné.

— Vas-tu en chercher tous les jours, de ces belles écorces ?

— Oui, quand il ne pleut pas, et même souvent deux fois par jour. Nous ne brûlons pas tout maintenant, je te montrerai où nous les réservons pour l'hiver.

Et replaçant le panier sur sa tête, elle se remit en route : Casper la suivit.

Ils marchèrent en silence.

Il y avait, adossé à la chaumière de madame Cheerful un petit bûcher fait avec de vieilles planches. Ruth se glissa dans cet endroit sombre ; Casper en fit autant. Alors Ruth rangea avec soin le bois qu'elle venait d'apporter.

Il y en avait déjà beaucoup, et l'écorce du chêne exhalait une odeur délicieuse.

— Qu'est ce qui luit là-bas ? dit tout-à-coup Casper effrayé : regarde donc, c'est brillant comme du feu, et ça remue !

— Ah ! dit la petite Ruth en riant, ce sont les yeux de notre chat. Minet, Minet! — Miaau ! dit le chat d'un ton mélancolique.

— Pourquoi viens-tu ici, où il fait si noir, dit Casper : n'as-tu pas peur ?

— Peur ! et de quoi ?

— Je ne sais pas ; mais enfin as-tu peur ?

— Pas du tout : on est en sûreté ici comme au grand jour ; et d'ailleurs, nous ne sommes en sûreté nulle part si Dieu et la sainte Vierge ne veillent pas sur nous.

— Mais il fait si noir !

— Maman m'a dit, répartit Ruth en continuant à ranger son bois, que Dieu nous voit partout, et que notre bon Ange est toujours auprès de nous. C'est bien rassurant, n'est-ce pas, Casper?

Mais Casper garda le silence un instant.

— Pourquoi ne m'as-tu pas répondu tout-à-l'heure, Ruth, dit-il ?

— Parce que tu me faisais des questions qui n'étaient pas bien, répondit Ruth.

« Tu ne croyais pas à la bonté de Dieu pour nous, et Maman m'apprend à n'en jamais douter. Maintenant, partons ; j'ai fini. Viens-tu ? Regarde comme tes fleurs se sont tenues fraîches, je n'en ai pas perdu une seule.

— Maman, dit la petite fille en entrant, voici Casper. Vous savez, dimanche, il n'a pas osé venir ; mais aujourd'hui il vous apporte ce gros bouquet, et il a essayé de porter mon panier, parce qu'il était lourd. Mais il est tombé à bas de sa tête, et tout le bois s'est renversé. N'est-ce pas, Maman, que c'était bien gentil à lui de vouloir m'aider ? »

Et Ruth caressa et embrassa sa mère ; puis elle arrangea le ruban qui cachait les yeux de la pauvre aveugle, et, en ce moment, sa figure avait une expression bien triste.

— N'est-ce pas qu'ils sont beaux? dit-elle en touchant les coucous posés sur les genoux de sa mère; je veux dire qu'ils sentent bon, ajouta-t-elle aussitôt.

— Oui, chère enfant; mais comme tu as été absente long-temps, Ruth!.... Et où est Casper?

— Oh! Maman, j'ai eu le bois à ramasser deux fois: puis, je l'ai rangé... Casper, le voici! il a cueilli ces fleurs, parce que je lui avais dit, l'autre jour, que vous les aimiez.

— C'est un bon enfant, dit madame Cheerful, retenant la petite main que Ruth lui avait mise dans la sienne, et attirant le petit garçon vers elle; il ne se souciait pas beaucoup de venir, je crois..... Où as-tu trouvé ces fleurs, Casper?

— Là-bas, dans la prairie.

— Et qu'est-ce qui t'a porté à me les cueillir? Tu aimes donc à faire plaisir aux autres?

— Je n'ai jamais essayé que deux fois, répondit Casper. La demoiselle m'a dit que, pour n'être pas malheureux toute ma vie, il fallait obliger les autres.

— Est-ce que tu es malheureux, mon enfant?

— Oui, dit Casper.

— Oh! Casper, que cela me fait de peine, s'écria la petite Ruth.

— Quels sont donc tes chagrins, dit madame Cheerful? Ton père est-il bien pauvre?

— Je ne sais pas... Maman est morte, et personne ne s'occupe de moi. »

A ces mots, Ruth se mit à sangloter, comme si elle entendait là parler d'une misère qu'elle ne se fût jamais figurée. Elle alla chercher de l'eau pour les fleurs; et quand elle revint, c'était de larmes que son tablier était mouillé...

Quant à madame Cheerful, elle resta silencieuse quelques instants, tenant Casper sous son bras, et le caressant. Peu à peu la tête de l'enfant s'appuya sur l'épaule de la bonne aveugle.

— Pauvre enfant ! dit-elle! pauvre petit garçon! Il n'y a que le bon Dieu pour prendre soin de toi! Mais il l'aurait fait, même si ta chère maman eût vécu. Ne crois-tu pas qu'il puisse le faire sans elle ?

— Je suppose que si , répondit Casper avec un profond soupir. Son cœur était remarquablement adouci par la place qu'occupait sa tête.

— Je lui demanderai, tous les jours, de te protéger et de te rendre heureux, Casper voudras-tu le lui demander aussi ?

— Oui, répondit l'enfant, avec un autre gros soupir.

Madame Cheerful n'ajouta rien pour le moment, et Casper ne bougea pas. Alors la petite Ruth parla bas à sa mère, puis sortit et revint mettre la table pour le dîner.

C'était une bien petite table, et la nappe que Ruth étendit dessus était fort grosse, mais blanche comme la neige. Le dîner consistait simplement en un pain bis, un petit morceau de porc frais froid et une cruche d'eau.

Madame Cheerful dit le *Benedicite*, et Casper fit fête au diner, comme au meilleur qu'il eût goûté depuis long-temps ; il le trouva tellement bon, qu'il ne s'aperçut même pas que Ruth lui avait donné sa tasse, et buvait avec sa mère.

Après le modeste repas, Ruth lava les plats et les rangea ; ensuite elle et Casper dévidèrent un gros écheveau de laine pour le tricot de madame Cheerful. Puis vint l'heure de se séparer : Casper partit.

— Ruth, cria-t-il, quand il fut dehors.

Ruth accourut.

— Je suis sûr que Dieu aime ta mère ; je le crois vraiment.

Et il se sauva en courant aussi vite qu'il put.

## III

Il y avait, dans la forêt, un grand chêne dont les racines s'enfonçaient profondément dans la terre; mais personne n'en pouvait apercevoir la cime, tant les feuilles
étaient touffues. Les ormes, les érables et les frênes, ses
voisins, étaient aussi élevés que lui, et leur feuillage se
confondait avec le sien.

Au commencement du printemps, avant qu'une seule
feuille se fût montrée, l'érable se couvrait d'éclatantes
fleurs rouges, et l'orme se revêtait de fleurs plus simples.
Quant au chêne, il restait long-temps dégarni; puis

paraissaient ses feuilles et ses longues fleurs brunâtres. Plus tard, les belles fleurs de l'érable devenaient des grappes de graines vertes ailées, et le chêne portait ses glands aux petits gobelets bruns.

Quoique personne ne s'en fût aperçu, un oiseau avait fait son nid dans le chêne, et dans un trou bien profond, sur le côté, habitait une famille d'écureuils.

Le nid des petits oiseaux était souvent bien balancé lorsque le vent s'élevait; alors, ils criaient un peu; mais ils étaient si bien sous l'aile de leur mère, il y faisait si chaud, qu'ils se rendormaient promptement. La mère avait-elle peur, elle? On ne sait pas... Ce qu'il y a de certain, c'est qu'elle ne s'en plaignit jamais à ses petits.

Cependant, après une longue nuit d'orage, lorsque le soleil commençait à percer, on la voyait secouer ses ailes d'un air joyeux. Elle avait bien raison de bénir le retour du beau temps! c'était si pénible pour elle, d'aller chercher la nourriture de ses enfants pendant la tourmente..... car les petits oiseaux n'ont pas de parapluies.

Un matin que le soleil s'était levé de bonne heure, et que, tous les oiseaux étaient en mouvement, la mère vola jusqu'au haut de l'arbre, et s'y percha pour aspirer une bonne becquée d'air et faire entendre sa chanson quotidienne.

A peine le premier couplet était-il achevé que le chêne fut ébranlé par un choc si violent qu'elle faillit perdre l'équilibre. A l'instant, elle ouvrit ses ailes et s'envola, pour voir ce qui se passait. L'arbre s'ébranla une seconde fois, puis une troisième plus violemment encore.

« C'est un tremblement de terre, pensa-t-elle, ne remarquant pas, dans son trouble, l'immobilité des autres arbres. Tremblante, elle vola vers son nid ; comme elle était heureuse de savoir ses petits couverts de plumes et bien en état de voler !

Elle les trouva bien effrayés : en vain leur père avait-

il cherché à les rassurer ; ils étaient restés sourds
toute consolation, en l'absence de leur mère.

— Vite, dit-elle, envolez-vous! Ils obéirent avec joie.
Bientôt leurs jeunes ailes se fatiguèrent, et ils furent
obligés de se percher sur l'érable voisin; ils y avaient
bien froid, exposés ainsi à l'air du matin, et ils n'avaient
pas déjeûné. Leurs parents planaient au-dessus de l'arbre qui continuait à s'ébranler.

M. Broadaxe, le bûcheron, était la cause de cette com-
motion, du moins à ce que prétendit un jeune écureuil
qui venait de montrer prudemment ses moustaches sur
le bord du trou. Quand il vit que c'était M. Broadaxe, il
fut rassuré. Un aussi brave homme ne pouvait faire mal
à personne ; il conseilla à ses frères de se rendormir.
Les écureuils s'entortillèrent donc dans leurs queues et
obéirent.

Pendant ce temps, M. Broadaxe frappait toujours
l'arbre. Les coups de sa cognée tombaient, rapides et so-

nores, sur le grand chêne, si bien qu'à un demi-mille

à la ronde, vous eussiez su ce qui se passait.

Bientôt les petits oiseaux reprirent leur vol pour aller

à la recherche d'un déjeûner dont ils avaient grand

besoin.

M. Broadaxe avait faim aussi ; il s'arrêta, posa sa co-

gnée d'un côté de l'arbre, se mit de l'autre et prit son

petit panier.

— Chip, dit M. Broadaxe, Chip, ici !

Un petit chien se précipita hors des broussailles, cou-

rant comme quelqu'un qui se sent en retard et n'a au-

cune bonne excuse à donner.

— Tiens, mon pauvre chien, dit son maître, en lui

jetant un morceau de pain, que Chip avala sans bouger.

Puis, il se remit en arrêt, attendant un second morceau

qu'il dévorait des yeux.

Oh ! si ces yeux-là disaient vrai, quel intérêt Chip

prenait au déjeûner de son maître !

Le panier étant petit, le déjeûner n'était pas gros , et

M. Broadaxe, aidé de Chip, l'eut bientôt terminé. Tout-à-coup, le chien dressa les oreilles, aboya, puis bientôt il cessa et remua la queue d'un air satisfait.

C'était ce qu'il pouvait faire de mieux, car Ruth Cheerful arrivait le long du bois, et certes, ce n'était pas après elle qu'il était permis d'aboyer.

— Bonjour, M. Broadaxe, dit-elle... bonjour, petit Toutou. Oh! quelle provision de bois vous avez déjà pour moi !

— A bas, Chip! soyez tranquille, Monsieur!

Etre tranquille! Chip ne connaissait pas cela. Il frétillait autour de Ruth, mordait son tablier, jetait le bois hors du panier, se fourrait dedans, en sortait; il poussa même les choses jusqu'à s'emparer du panier et se sauva avec.

— Chip, Chip! criait Ruth, voyons, laissez ça.

Chip la regardait une oreille retournée, l'autre lui pendant sur l'œil, ayant l'air de convenir, en effet, qu'il se conduisait fort mal, mais qu'il n'y pouvait rien.

Or M. Broadaxe frappait toujours, et les feuilles du grand arbre tremblaient.

— Comment pouvez-vous abattre un si bel arbre, M. Broadaxe? dit Ruth.

— Parce qu'il n'est pas à moi, répondit-il en frappant un autre coup.

— Mais alors pourquoi le faites-vous?

— Parce qu'il appartenait à quelqu'un qui le veut, dit le bûcheron s'arrêtant.

« Alors, je gagne de l'argent à l'abattre, et lui en gagnera à le vendre.

— Et moi, dit Ruth en riant, je fais du bois avec les éclats, de sorte que tout le monde y gagne quelque chose.

En se retournant, elle aperçut Casper.

— Tu ne peux pas faire du bois avec ces éclats, dit-il, ils en sont déjà.

— Je veux dire du bois à brûler. Comment vas-tu, Casper?

— Je crois que je vais bien, répondit celui-ci, occupé à regarder la cognée qui s'abattait sur l'arbre. Comme il va vite !

— N'est-ce pas ! dit Ruth ; je suis sûre que personne n'en ferait autant.

— Moi, dit Casper, si j'étais homme !

— Oui, mais tu ne l'es pas ! en attendant, aide-moi à arranger tous mes éclats de bois.

— Je veux bien... Non, tiens, je vais plutôt garder le chien ; il renverserait le panier.

— C'est vrai, cela m'aidera aussi, dit Ruth en hésitant. Mais je crois que tu ne pourras jamais le tenir !

Cependant Chip se laissa attraper et s'assit bien tranquillement. Casper lui passa les bras autour du corps, et surveilla Ruth avec beaucoup de gravité.

Lorsque le tas de bois fut bien haut, et que la petite fille l'eut couvert d'un morceau d'écorce, Chip fit un bond, renversa Casper et se jeta sur le bois, tirant l'écorce, culbutant tout.

— Oh! fi! le méchant petit chien! finissez, dit Ruth.

A cet instant, M. Broadaxe s'écria :

— Gare à vous, enfants, l'arbre va tomber.

Casper, Ruth et le chien, se mirent à l'écart bien vite.

M. Broadaxe frappa encore une fois, et le grand chêne trembla, se balança, courba sa haute tête, puis tomba lentement, en faisant entendre un horrible craquement.

Ruth, une minute après, arriva, sauta sur le tronc, et se mit à danser d'un bout à l'autre; tout-à-coup, elle s'arrêta :

— Oh! M. Broadaxe, s'écria-t-elle, il y a des écureuils là dans les branches!

— C'est bien possible, dit le bûcheron; oui, en effet, leur nid était dans ce trou.

— Si nous les attrapions pour les emporter, dit Casper.

— Oh! non, dit Ruth, ce serait cruel!

— Mais nous les enfermerions, et nous leur donnerions à manger.

— Alors ils seraient malheureux comme tu disais tout à l'heure l'être.

Casper parut hésiter.

— Non, nous ne les prendrons pas, dit le bûcheron; ils aiment mieux rester où ils sont. Je regrette bien d'avoir été obligé d'abattre leur nid, mais je ne couperai pas les branches maintenant : je leur laisserai le temps de grandir et de se fortifier avant d'aller chercher fortune ailleurs.

Sur ce, M. Broadaxe alla abattre un autre arbre, et laissa les enfants occupés des écureuils.

Si nous ramassions des pierres pour bâtir une maison.

# IV

— Ruth, dit Casper, regarde les beaux écureuils ;
comme j'aime ces bêtes-là. En disant ces mots, il ramassa un éclat de bois et le jeta après la queue d'un écureuil
qui apparaissait à travers les branches de l'arbre
tombé.

— Eh bien, si tu les aimes, pourquoi leur jettes-tu des
bâtons ? dit Ruth, tandis que la petite queue touffue disparaissait bien vite. Nous n'en verrons plus un seul, si
tu leur fais peur.

— Cela m'amuse, répondit Casper.

— Voilà une belle raison.

— Ruth, qu'est-ce que les écureuils mangent ?

— Toutes sortes de bonnes choses : du blé, des noi-settes, des pommes, des graines, des glands.

— Oui, je sais qu'ils aiment le blé. Mais alors que crois-tu qu'ils trouvent dans le fond des bois, où per-sonne ne leur sème de grain ?

— Eh bien ! alors, le bon Dieu les nourrit, et ici aussi, du reste...

— Oh ! ici, ce sont les fermiers qui sèment le blé.

— Oui, mais qui le fait pousser? D'ailleurs ils man-gent beaucoup de choses que personne ne plante.

— Si j'étais écureuil, moi, j'aurais toujours mille bonnes choses à manger.

— Et de beaux habits aussi, n'est-ce pas, dit Ruth en riant? Mais, Casper, on se procure toujours beaucoup de choses, ou du moins assez à manger.

— Comment donc ?

— Mais d'abord, il faut travailler tant qu'on peut,

puis prier Dieu et la bonne Vierge de ne pas nous aban-
donner. Maman dit que cela réussit toujours.

— Je ne sais pas travailler ; ainsi je ne puis pas faire
comme ça.

— Mais enfin, tu peux être sage, et c'est tout aussi
agréable à Dieu.

— Non, je ne puis pas être sage. Je ne sais pas comment on fait, et d'ailleurs je crois que je ne pourrais pas...

— O Casper ! Mais sais-tu être méchant ?

— Je crois que oui.

— Eh bien ! c'est tout juste le contraire. Quand tu as
envie, par exemple, d'être désagréable, il faut être aimable ; quand tu veux être paresseux, il faut travailler ;
quand tu n'as pas le désir de faire ta prière, il faut te
mettre à genoux, faire le signe de la croix et prier.
Voilà ce que dit maman : Personne ne fait rien de bien,
sans le secours de Dieu, et quand on ne le lui demande
pas, on a l'air de ne pas le désirer.

Casper secoua la tête et regarda les écureuils. Ruth les regarda aussi en silence, pendant quelques minutes, puis elle s'écria :

— Mais Casper, tu dois savoir comment on est sage: c'est dans l'Évangile !

— Je ne connais pas ça, moi.

— C'est un bon livre, il faut le lire.

— Je n'en ai pas.

— Oh ! c'est possible, mais ton père en a un.

— Je ne pense pas, repartit Casper, en visant de nouveau les écureuils, prêt à leur jeter encore un morceau de bois. Je ne sais pas s'il en a, ni lui non plus, j'en suis sûr.

— Pauvre petit garçon, dit Ruth, d'un air de pitié bien sincère.

— Tu m'appelles petit garçon, je suis plus grand que toi et de beaucoup.

— Oui, mais je suis une fille !

— Oh ! j'aime bien mieux être un garçon !

— C'est possible, je veux dire seulement que les garçons sont toujours plus grands, pour leur âge, que les
filles.

— Je ne sais pas, c'est probable ; en tout cas, les
hommes sont plus grands que les femmes. Oh ! que je
voudrais être un homme !

— Moi pas, dit la petite Ruth sérieusement, je voudrais être un ange !

— Je suis sûr que non.

— Oh ! si, et, joignant les mains, elle chanta :

Des ailes je voudrais , et du ciel être un ange ,
Et le front couronné , la harpe d'or en main ,
Offrir à l'Eternel un concert de louanges ,
Exalter ses bienfaits et mon bonheur sans fin !

— Mais il faut mourir pour être un ange, dit Casper,
qui avait écouté attentivement.

— N'importe, dit Ruth, il faut toujours mourir. Je
ne veux pas dire que je désire mourir à présent... Je
voudrais être un ange quand je serais morte.

— Crois-tu que tu en seras un ? demanda Casper, la regardant avec beaucoup d'intérêt.

— Maman dit **que** pour devenir un ange dans le ciel, il faut essayer d'être un ange sur la terre.

— Je ne sais pas comment on fait , et je suis trop déguenillé pour ça.

— O Casper ! s'écria Ruth, et la voix lui manqua; elle, fondit en larmes. C'est bien égal à Jésus-Christ la manière dont les enfants sont habillés, pourvu qu'ils l'aiment. Maman m'a dit que bien des anges sont pauvres en ce monde, mais qu'ils auront de tout dans le ciel.

— Je ne sais pas comment cela se pourra, repartit Casper, fort ému lui-même. Ruth le regardait : elle ne savait que lui dire.

— Casper, dit-elle enfin, tu ne sais pas ? tous les matins je lis et j'apprends l'Evangile avec maman, avant de sortir. Si tu veux venir ici dans le bois, je te dirai tout ce que je me rappellerai. Alors tu sauras beaucoup de choses aussi, et peut-être que lorsque tu seras grand, tu pourras t'acheter un livre.

— Qu'as-tu appris ce matin ? demanda Casper sans lever les yeux.

— Une belle histoire !.. Elle dit que Dieu, qui nourrit les oiseaux et qui habille les lis, aura sûrement soin de nous, qu'il aime bien davantage que les oiseaux et les fleurs.

Casper ne répondit rien, et Ruth resta silencieuse comme avant.

— Veux tu que je te la raconte encore, demanda-t-elle doucement ?

— Non, dit Casper, je la sais.

— Vraiment ? comme tu retiens vite ! J'ai été plus long-temps que cela, moi !

Le soleil brillait dans tout son éclat, mais les arbres étaient si épais, que les rayons pouvaient à peine arriver jusqu'à la terre, et il faisait une délicieuse fraîcheur dans la forêt.

M. Broadaxe avait cessé de travailler, il mettait sa cognée sur son épaule, et s'apprêtait à aller dîner. Les écureuils jouaient à cache cache dans les feuilles du chêne abattu, et une douce brise, qui animait la forêt, apportait le parfum des fleurs qui croissaient çà et là.

— Il faut que je parte aussi, dit Ruth, se levant bien vite et prenant son panier de bois. Au revoir, Casper, tu viendras demain, n'est-ce pas ?

— Oui, dit-il, et comme elle s'éloignait tout doucement avec son panier sur la tête, il l'appela.

— Que veux-tu, Casper, dit-elle, s'arrêtant et se retournant vers lui ?

— Qu'est-ce que tu as lu hier ?

— Quelque chose de bien joli aussi, répondit-elle, avec des yeux brillants de joie, sur les enfants qui furent amenés à Jésus, quand il était sur la terre. Il les prit dans ses bras, étendit les mains sur eux, et les bénit.

Casper fit quelques pas en arrière, Ruth continua son chemin, et disparut bientôt derrière les arbres. Le

pas lourd de M. Broadaxe s'était éteint; on n'apercevait même plus les gambades de Chip. Casper promena
ses regards autour de lui, pour s'assurer qu'il était
bien seul; puis il se jeta sur la mousse en pleurant.

Il n'eût pas su s'expliquer la cause de ses larmes;
mais il pleura bien long-temps, le pauvre enfant:
il était si triste!

Il ne devait pas rentrer chez lui pour dîner, ce jour
là; son père lui avait défendu de paraître à la maison
avant la nuit, et Casper enviait le sort de ces heureux
enfants dont Ruth lui avait parlé, et que Jésus-Christ
avait bénis.

# V

Casper pleura tellement qu'il s'endormit de fatigue ;
ses pieds nus étaient appuyés sur la mousse, il avait la
tête posée sur une grosse racine d'arbre qui sortait de
terre. Le soleil brillait, et les larges feuilles formaient
de douces ombres au-dessus de la tête du petit abandonné.

Mais Casper ne vit rien dutout de tout cela ; il ne rêva
même pas de l'Ange gardien qui veillait sur lui Quand
il se réveilla, il ne vit rien que M. Broadaxe devant lui ;
celui-ci avait posé ses outils à terre ; il était assis. Chip

était à ses côtés ; il avait, comme de coutume, la tête toute de travers ; ses yeux noirs étincelaient ; et il paraissait tout disposé à se jeter sur Casper, au moindre signe ; c'était lui qui avait découvert le petit dormeur, et il s'était mis à sauter et aboyer autour de lui, jusqu'à ce que son maître arrivât. Casper s'éveilla.

— Enfant, lui dit le bûcheron, tu veux donc te faire mourir ?

— Je ne sais pas, dit Casper, en se frottant les yeux.

— Pourquoi es-tu revenu après avoir dîné ?

— Je ne suis pas revenu... Je n'ai pas été dîner.

— Comment ? pourquoi donc ?

— Il n'y avait rien à la maison ; papa avait emporté son dîner.

— Ainsi tu ne te soucies pas de dîner ?

— Je crois que je puis m'en passer, dit Casper, ramassant de petites touffes de mousse et les jetant à Chip.

— Pas du tout : il faut aller dîner, mon ami.

— Mais puisqu'il n'y a personne chez nous, et rien à manger.

— Chez toi, c'est possible ; mais chez moi, il y a du pain, du lait avec abondance. Qu'en dis-tu ?

Les yeux de Casper brillèrent, comme s'ils avaient eu un reflet de ceux de Chip ; mais il ne répondit rien.

— Regarde, dit le bûcheron, en agitant sa cognée, comment pourras-tu jamais manier un pareil outil, si tu ne manges pas, [et si tu dors toujours ? Tu ne seras jamais homme.....

— Ruth veut être un ange, elle, dit Casper d'un air pensif.

— Ce sont des êtres meilleurs que nous ; mais on ne devient pas ange en se laissant mourir de faim. Voyons, lève-toi.....

» Sais-tu où je demeure ?

— Oui, de l'autre côté de la source, près des mar- ronniers.

— C'est cela, dit le bûcheron, tout en écrivant sur une page de son portefeuille; il la déchira ensuite, la donna à Casper, et lui dit : Tiens, voici une commission pour ma femme; tu attendras la réponse, et je te donnerai quelque chose quand tu reviendras.

Casper paraissait douter.

— Tu n'es pas habitué à entendre dire la vérité, il paraît, dit M. Broadaxe.

— Allons, pars vite, car je n'aurais pas ma réponse avant le coucher du soleil.

Casper obéit.

Il avançait d'un pas irrégulier. Chaque fois que ses yeux rencontraient le petit papier, la honte d'aller demander, à une étrangère, le pain qui lui manquait chez son père, ralentissait sa marche ; mais bientôt, les aiguillons de la faim parlaient si haut, qu'il hâtait sa course. Enfin il arriva à la porte du bûcheron, il s'y arrêta : elle était ouverte; le dîner était fini depuis long-temps, il n'en restait pas vestige. Madame Broadaxe filait. Elle tournait le dos à la porte ; aussi Casper pouvait l'observer sans être vu. Elle était habillée aussi proprement que madame Cheerful ; mais sa robe était plus fraîche, elle était plus neuve, et au lieu d'un ruban brun, elle avait un bonnet d'une blancheur éblouissante; son tablier de soie noire flottait à chaque mouvement du rouet.

Elle était beaucoup plus grosse que madame Cheerful ; les petits enfants devaient bien aimer s'endormir sur ses genoux ; elle avait l'air si bon ! elle agitait son rouet avec une vivacité surprenante; Casper oublia et sa commission et son appétit ; il était si occupé à la regarder, que cela eût pu durer fort long-temps, sans l'arrivée d'un gros chat blanc. Celui-ci poussa un miau qui interrompit la contemplation de Casper.

Madame Broadaxe continua à tourner son rouet en disant : Winkie ! Winkie.

— Miau, répondit Winkie d'un son d'un chat offensé.

— Voilà ce que c'est, Winkie, que de ne pas rentrer à l'heure du dîner.

— Je ne devrais rien vous donner... une autre fois.. Mais cette fois-là n'étant pas encore arrivée, madame Broadaxe sortit et reparut avec une assiettée d'os de poulet sur laquelle Winkie comptait parfaitement : elle la posa à terre ; en se relevant, elle aperçut Casper.

— Eh bien ! mon petit ami, dit la bonne femme, tu regardes mon chat... assieds-toi là, et si les poulets viennent manger le dîner de Winkie, tu les chasseras.

— Pourquoi donc ?

— Parce qu'ils ont dîné... Chacun son tour.

Casper n'osa pas avouer qu'il n'était pas aussi heureux que les poulets.

Enfin il vint s'asseoir et remit timidement à madame Broadaxe le petit mot de son mari... Elle le lut.

— Mon Dieu ! mon Dieu, s'écria-t-elle ! est-il possi-

ble ! qui croirait une pareille chose ! Comment t'appelles-tu , petit ?.

— Casper, madame.

— Vas-tu porter un panier à M. Broadaxe , dit la
femme du bûcheron , fort embarrassée.

— Je ne sais pas : il m'a dit de venir et d'attendre la
réponse.

— Eh bien ! je mettrai la réponse dans un panier ,
c'est cela... ce sera le meilleur moyen... Mais n'as-tu
pas... qu'a-t-il voulu dire en m'écrivant que... je crois
que... Voyons, mon petit ami, n'as-tu pas soif, après
cette longue course ?

— Pas très-soif.

— Mais tu boiras bien un peu de lait ? rien qu'une
tasse , dit la bonne femme, en se baissant pour regarder l'enfant de plus près.

Casper leva les yeux sur elle, et dit immédiatement
oui... La femme du bûcheron avait l'air si bon !

— A la bonne heure ! j'étais bien sûre que tu avais.

soif! Et elle courut à la laiterie. Elle revint bientôt,
apportant une grande tasse de lait qu'elle fit boire elle-
même à Casper jusqu'à la dernière goutte. Puis elle lui
mit dans une main un tout petit panier et dans l'autre
un gros morceau de pain d'épice.

Porte ce panier à M. Broadaxe, dit-elle, et mange ce
pain d'épice maintenant, ou quand tu seras dans la
forêt.

Casper ne prit même pas le temps de choisir ; à peine
avait-il tourné le dos à madame Broadaxe que ses dents
étaient dans le pain d'épice ; elles y retournèrent si
souvent que le gros morceau fut bientôt fort petit. Quant
aux miettes qui tombaient sur le chemin, Casper re-
grettait de n'être pas petit oiseau pour les ramasser.
Heureusement, les vrais oiseaux ne les laissèrent pas
perdre.

Le pain d'épice était déjà fort avancé, lorsqu'un petit
garçon, un peu plus jeune que Casper, sortit tout en
trottant, de derrière les arbres.

Il serait difficile d'expliquer pourquoi cette rencontre contraria Casper; il ne le savait pas au juste, lui-même; mais ce qu'il y a de certain, c'est qu'il acheva son pain d'épice aussi vite qu'il put.

Cet enfant était certainement pauvre; Casper aussi. Si le petit étranger avait un pantalon percé aux genoux, Casper avait une veste percée aux coudes. Leurs deux figures rivalisaient de malpropreté, et ni l'un ni l'autre ne s'étaient peut-être servis de peignes de leur vie. La seule différence, c'est que l'un avait du pain d'épice, et que l'autre n'en avait pas.

Le nouveau petit garçon s'en était aperçu tout de suite, et son attention était tellement captivée par cette vue, qu'il se heurta contre une pierre, et tomba sur Casper.

— Allons donc! dit celui-ci, en le repoussant d'un air courroucé.

— Je ne l'ai pas fait exprès.

— Eh bien! ôte toi de mon chemin!

— Est ce que tu en avais plus que ça ? demanda l'enfant en désignant le pain d'épice.

— Oui, il était très-gros.

— En as-tu mangé assez ?

— Non.

— Je ne voulais pas me jeter sur toi, je t'assure, dit le petit doucement ; puis il s'éloigna, et Casper entendit un soupir.

Il ne s'arrêta pas pour en demander la cause ; mais continua à se remplir la bouche de pain d'épice, jusqu'à ce qu'il ne lui en restât plus qu'un tout petit morceau. Alors il se retourna et regarda de tous côtés ; mais l'enfant avait disparu.... Casper avala sa dernière bouchée, et se sauva en courant vers la forêt.

La journée touchait à son terme. Lorsqu'il arriva à l'entrée du bois, les rayons du soleil couchant se réfléchaient sur les touffes de mousse et sur le gazon avec toute la chaleur d'un dernier adieu. L'ombre s'étendant inaperçue, les oiseaux regagnaient leurs nids, les écu reuils grimpaient au haut des arbres, les chauves-souris commençaient à se détirer et à se frotter les yeux après leur long somme de la journée.

Bientôt tout devint obscur autour de Casper, et la peur lui fit presser le pas.

« Si M. Broadaxe allait être parti, se disait-il ? Oh ! pourquoi Ruth n'est-elle pas avec moi ! »

En pensant à Ruth, il se rappela ce qu'elle lui avait dit, un jour, dans le bûcher : « Dieu nous voit partout, et notre bon Ange veille toujours nous. » Alors Dieu me voit, pensa-t-il... Pourvu qu'il ne m'ait pas vu tout-à-l'heure, quand je n'ai pas voulu donner du pain d'épice au petit garçon ! » Et il s'arrêta tout pensif.

Tout-à-coup il entendit la cognée du bûcheron qui retentissait au loin. J'y serai bien vite, dit-il ; et il se mit à courir tellement fort qu'il arriva tout hors d'haleine près de M. Broadaxe. « Holà ! dit ce dernier, tu te crois donc en retard ?

— Mais, c'est qu'il fait bien noir dans la forêt.

— Comment dans la forêt ? mais nous y sommes, et il ne fait pas déjà si noir.

— Il fait bien plus clair ici que là-bas !

— Ah ! par exemple, est-ce que je produis l'effet d'une lanterne ? En tout cas, il fait assez clair pour souper, n'est-ce pas ?

Casper le regarda fixement.

— Il y a quelque chose de bon dans le panier, je pense ; allons, ouvre-le vite.

Casper obéit et retira un petit linge blanc ; après l'avoir déplié, il y trouva une aile de poulet proprement posée entre des tartines de beurre. Il présenta le tout au bûcheron.

— C'est pour toi, mon enfant, dit-il en souriant. Crois-tu que je vais me mettre à souper, au moment de rentrer chez moi ?

— Mais j'ai soupé, dit Casper en rougissant. On m'a donné un gros morceau de pain d'épice.

— Alors ceci te servira de dîner.

— Mais j'ai tout mangé, dit Casper, en laissant retomber sa tête et deux larmes en même temps.

— Moi aussi, j'ai bien dîné, et je suis prêt à souper ! Mais qu'as-tu donc à pleurer ?

— Oh ! M. Broadaxe, je vous en supplie, donnez tout ceci à l'autre petit garçon. Bien sûr il avait faim, et moi qui n'ai pas voulu lui donner une miette de mon pain d'épice ! Je pense que Dieu m'a vu et qu'il est mécontent de moi. » Et Casper se jeta, en sanglotant, sur la mousse.

M. Broadaxe le releva.

— Allons, dit le bon bûcheron, sèche tes larmes et mange ces tartines. Si je rencontre le petit garçon, j'en aurai soin. Viens demain de bonne heure : nous causerons, je prends une matinée de repos.

— De quoi causerons-nous? dit Casper, qui faisait honneur au poulet.

— Mais, du petit garçon et du pain d'épice; et si Ruth vient, nous nous amuserons bien.

— J'aime beaucoup Ruth : elle est si sage et si bonne !

— Pourquoi ne serais-tu pas comme elle ?

— Je ne peux pas... Je suis méchant.

M. Broadaxe ne répondit rien, et comme Casper avait terminé son repas, il le reconduisit jusqu'à l'entrée du village.

— Bonsoir, lui dit-il alors, tache de trouver une meilleure raison pour ne pas être sage que celle que tu viens de me donner.

# VI

Jamais la demeure de Casper ne lui avait paru aussi triste que ce soir-là. En général, il est vrai, elle n'offrait rien de bien séduisant.

Un plancher sale, des chaises et des tables mal entre-tenues, des vitres poussiéreuses et brisées : telle était l'endroit où Casper avait appris à être malheureux. Pauvre enfant ! c'était à peu près tout ce qu'il avait appris.

Pendant la journée, la maison était vide, à moins que Casper n'y restât seul, ce qui arrivait quelquefois, quand il ne voulait pas aller jouer avec les enfants du village. Son père partait le matin, emportant à dîner, et laissant à Casper, pour toute sa journée, les restes du déjeuner, s'il y en avait.

Casper passait son temps comme il pouvait jusqu'à l'arrivée d'une vieille voisine, dont la vue le faisait toujours fuir.

Il détestait cette femme, et le lui avait souvent dit. Elle venait laver la vaisselle et mettre de l'ordre dans la maison; du moins le prétendait-elle. Il partait dès qu'elle paraissait.

Alors il allait jouer avec ses camarades, ou bien il s'asseyait sur la route, et se trouvait bien malheureux, comme lorsque la demoiselle l'avait vu le dimanche matin. A l'heure du dîner, s'il y avait du pain à la maison, il y revenait. Si le buffet était vide, il patientait jusqu'au souper. A cette heure-là, il était sûr de manger, car son père rentrait avec bon appétit, et s'arrangeait toujours pour ne manquer de rien.

Mais souvent il arrivait ivre; quelquefois il amenait

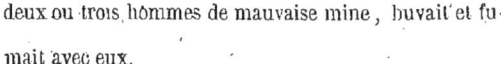

deux ou trois hommes de mauvaise mine, buvait et fumait avec eux.

Or Casper ignorait à quel point tout cela était mal ; mais il détèstait être bousculé, avoir de la fumée dans les yeux et s'entendre dire de mauvaises paroles ; alors il allait tristement se coucher, en disant : Oh ! si ma bonne mère pouvait revenir ! Et il pleurait en silence. Ainsi s'endormait le pauvre petit déguenillé.

Telle avait été la vie de Casper, depuis la mort de sa mère jusqu'à ce qu'il rencontra Ruth Cheerful. Depuis lors, il allait presque tous les jours à la forêt. Ce soir-là, après son splendide souper, tout lui parut, chez lui, pire que de coutume, et il s'empressa de se mettre au lit. Mais impossible de dormir. Son père avait amené ses méchants compagnons ; la voix de ces hommes l'effrayait, et pour ne pas entendre leurs blasphêmes contre Dieu et la sainte Vierge, que Ruth et sa mère vénéraient comme leurs meilleurs amis, il se bouchait les oreilles.

— Que ferait Ruth si elle était ici ? se disait-il ; et

immédiatement sa conscience répondait : Ruth ferait sa prière.

Casper n'en savait pas de prières, lui, mais il avait peur ; il se sentait isolé, et se rappelait que madame Cheerful lui avait assuré que le bon Dieu protége ceux qui l'invoquent. Alors se mettant à genoux sur son lit, il murmura ces mots : O mon Dieu, veillez sur moi, et rendez-moi sage et bon comme Ruth. Puis il se recoucha et s'endormit.

Le lendemain matin, il s'éveilla plus tard que de coutume ; il fut saisi de voir combien le soleil était avancé dans sa carrière. Du reste, son père et ses amis, étendus à terre, dormaient encore du sommeil de l'ivresse.

Casper s'habilla sans bruit et sortit furtivement, dans la crainte que les dormeurs, ne venant à s'éveiller, ne lui fissent allumer le feu ou chercher de l'eau. Une fois dehors, il se mit à courir.

L'herbe était humide de rosée ; mais Casper n'avait ni

bas ni souliers à abîmer; quant à son pantalon, il était,
depuis long-temps devenu trop court. Les gouttes de
rosée étincelaient sur l'herbe comme des diamants ;
Casper eût bien voulu en conserver, mais à peine la
feuille était-elle cueillie, que la perle disparaissait, ni
laissant qu'une trace humide sur les doigts de l'enfant.

Tout-à-coup, il lui vint à l'idée qu'avant de voir Ruth
avec sa jolie figure et ses mains propres, il devrait bien
laver les siennes. Il avait deux ou trois ruisseaux à traverser pour arriver à la forêt ; il choisit le plus clair
pour se nettoyer. Puis il reprit sa course et, tout en courant, il sentait bien qu'il n'avait pas déjeûné.

Sur le bord du chemin croissaient beaucoup d'ar-
brisseaux ; des églantiers aux suaves fleurs roses, et
des ronces qui semblaient ne produire que des épines.
Mais Casper s'aperçut que quelques-unes de ces ronces
étaient couvertes de grosses baies noires. Il les goûta,
elles étaient fort sucrées. Il en mangea beaucoup, car il
avait faim ; puis il réfléchit que Ruth serait bien contente

d'en avoir aussi. Il pouvait, certes, lui en cueillir, mais Ruth avait déjeûné, elle, et lui était à jeun. Pourtant les fruits étaient si bons, qu'il se décida à lui en porter trois grappes; puis il en vit une autre bien belle, la cueillit, et ainsi de suite jusqu'à ce qu'il y en eut six qu'il prit d'une main. De l'autre, il arrachait toutes les baies isolées qu'il pouvait atteindre et les mangeait en courant.

Chacun expliquera cela à sa façon; mais ce qu'il y a de certain, c'est que lorsque Casper arriva près de M. Broadaxe, il ne tenait plus qu'une grappe de baies. Le bûcheron et Ruth étaient assis sur le tronc de l'arbre abattu; à côté d'eux était Chip; un peu plus loin, un panier dans lequel Casper devina tout de suite à dîner.

Dès que la petite fille aperçut son ami, elle sauta en bas de l'arbre et courut au devant de lui.

— Oh! quel bonheur! te voici, tu ne nous a pas fait attendre, dit-elle. As-tu déjeûné?

Casper hésita, puis répondit :

— Tout le monde dormait quand je suis parti.

— J'ai apporté mon déjeûner pour nous deux ; maman me l'a permis. Et tirant un tout petit panier des feuilles où il était caché, Ruth l'ouvrit et y prit deux tartines de pain beurré et une tasse de lait. Elle plaça le tout sur l'arbre avec un soin particulier.

— J'aurais dû apporter deux tasses, dit Ruth, mais je n'y ai pas pensé. M. Broadaxe m'attendait ; aussi me suis-je pressée... Comment faire ? Ah ! j'ai une idée !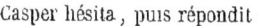 Elle courut chercher dans les feuilles et revint portant deux gros glands de chêne.

— N'est-ce pas, Casper, que ce sera bien ?

— Pourquoi faire, dit Casper, qui, resté debout, tournait sa grappe de baies entre ses doigts ? Je ne veux pas boire ton lait.

— Pas tout, j'en boirai la moitié, mais ceci est pour toi, ajouta-t-elle en lui montrant une des tartines, et il faut puiser avec ta petite tasse dans la grande.

— Non , dit Casper.

Ruth demeura interdite.

— Voici des fruits pour toi , dit Casper ; mais je ne veux pas ton déjeûner.

— Rien qu'un peu, je t'en prie. Si tu ne manges pas, je ne mangerai pas non plus.

Et elle regarda Casper, les yeux remplis de larmes. Lui, de son côté, restait immobile. Mais quand Ruth vint le prendre par la main, et l'ayant conduit près de l'arbre, commença à déjeûner pour lui donner le bon exemple, il se décida à faire comme elle.

M. Broadaxe examinait les deux enfants en silence. Chip, n'espérant rien , s'était endormi.

— Vraiment, c'est pour moi que tu as cueilli ces fruits ? demanda Ruth , quand ils eurent fini de déjeû- ner. C'est bien gentil de ta part... Comme ils sont sucrés !

— Oui, je les ai cueillis pour toi, dit Casper ; mais ce n'est pas ma faute, si je n'ai pas tout mangé !

Ruth se mit à rire et le remercia beaucoup. Ensuite, comme ils n'avaient pas de vaisselle à laver, ils commencèrent immédiatement leur promenade.

Qu'elle était belle, la forêt ! Au dessus de leurs têtes, les sommets verts des arbres entremêlaient leurs feuilles, et cachaient entièrement le ciel bleu ; sous leurs pieds, on voyait à peine la terre brune, grâce à la fougère et aux feuilles qui formaient un épais tapis.

Ruth et Casper bondissaient, découvrant une foule de trésors : tantôt c'était une coquille de colimaçon ; tantôt un nid d'oiseau ou une touffe de mousse rougeâtre. A la fin, le panier de Ruth, rempli de toutes ces reliques, devint si lourd, que Casper, faisant un grand effort sur lui-même, lui offrit de le porter. Le plaisir d'obliger était si nouveau pour lui, qu'il ne sentait pas le fardeau.

Ils étaient ravis de tout ce qu'ils voyaient ; M. Broadaxe leur proposa de s'asseoir sur la mousse, pour se reposer un peu.

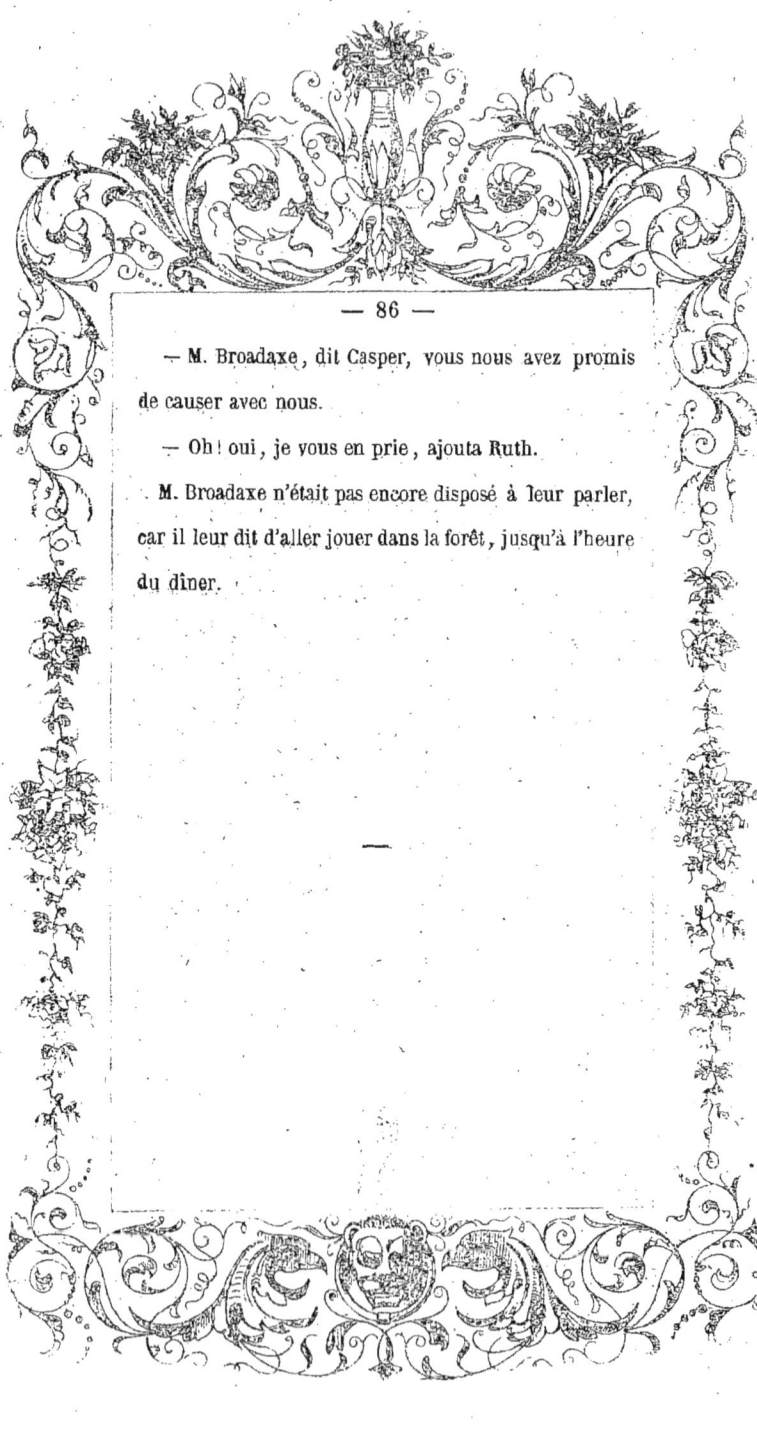

— M. Broadaxe, dit Casper, vous nous avez promis de causer avec nous.

— Oh! oui, je vous en prie, ajouta Ruth.

M. Broadaxe n'était pas encore disposé à leur parler, car il leur dit d'aller jouer dans la forêt, jusqu'à l'heure du diner.

# VII

Il y avait bien de quoi jouer dans la forêt, il ne s'agis-
sait que de choisir.

— Ruth, dit Casper, si nous ramassions des pierres
pour bâtir une maison.

— Une vraie maison pour y demeurer ? s'écria Ruth.

— Non, une petite, pour faire semblant.

— Mais qui y demeurera ?

— Des écureuils, répondit Casper.

— Je crois qu'ils n'y seront pas aussi bien que dans
leur nid. Les pierres ne sont pas douces et chaudes
comme la mousse; c'est égal, je veux bien.

— Sais-tu ce que nous ferons pour les y attirer ?

— Nous la remplirons de glands.

Ils se mirent à l'ouvrage.

Casper eut bientôt trouvé une pierre plate qui servit de plancher; il en mit autour de petites, l'une sur l'autre, pour former les côtés ; un gros morceau de roc fut le mur de derrière. Quant au devant, Casper se fit fort de le terminer, en laissant seulement une place pour la porte. Ruth couvrit la grosse pierre du plancher d'un beau tapis de mousse verte. Elle trouva cela si joli, qu'elle en décora également l'extérieur de la maison, puis la pierre plate qui servait de toit. Alors ils débarrassèrent, avec précaution, le panier des trésors de la forêt, et coururent chercher des glands.

— Ruth, dit Casper, je parie que tu n'as pas lu dans l'Evangile ce matin ?

— Oh! si, répondit Ruth, et maman m'a tout expliqué. Je puis te dire ce dont je me souviens.

— Voyons, dit Casper.

— Ce sont des paroles que N. S. J.-C. a dites au moment de quitter la terre pour retourner dans le ciel. Ceux qui l'aimaient avaient beaucoup de chagrin de le voir partir. Alors il leur promit de les recevoir tous dans le paradis, où il allait.

— Qu'est-ce que le paradis?

— C'est la maison de Dieu.

— Comment est-elle, cette maison ?

— Personne ne l'a vue : on sait seulement que c'est magnifique, et qu'on y est parfaitement heureux, puisqu'on y est avec Dieu, la sainte Vierge et les anges. Mais ce n'est pas encore là, dit maman, le plus grand bonheur.

— Elle n'a pas envie de demeurer dans cette belle maison ?

— Oh ! si ; mais elle dit que ce qui nous rendra si heureux, c'est que nous ne ferons plus jamais rien de mal, nous n'offenserons jamais le bon Dieu...Pense donc, Caspar.

La petite Ruth s'assit en silence après ce long discours. Casper se tut aussi. Il réfléchissait.

Des tribus d'oiseaux chantaient dans les arbres à cœur joie : c'était la seule louange qu'ils sussent donner au Créateur. La brise d'été soufflait, fraîche et suave, à travers les feuilles.

Casper rompit le silence le premier.

— Je voudrais déjà demeurer avec le bon Dieu dit-il.

Ruth le regarda d'un air embarrassé, ne sachant que répondre.

— Mais, hasarda-t-elle enfin, maman dit qu'on peut, même sur la terre, être avec Dieu : on n'a qu'à l'aimer et à lui obéir.

— Je ne comprends rien à cela, moi; mais tout ce que je sais, c'est que je voudrais être autre part qu'où je suis.

— Pourquoi, Casper ?

— Parce que, répondit-il, en fronçant les sourcils, il

n'y a personne chez-nous, la maison est laide, tout y est triste, et moi je suis toujours malheureux !

— Pas toujours, Casper, pas à présent, dit bien doucement Ruth.

— Je ne puis pas toujours être dans le bois avec toi.

— Casper, reprit Ruth, après avoir bien réfléchi, as-tu fait tout ce que tu pouvais pour te faire aimer de ton père ?

— Non, jamais.

— Alors, si tu essayais, peut-être t'aimerait-il ?

— Personne ne m'aime, dit Casper, comme si cela tranchait la question.

— O Casper, s'écria Ruth, je t'aime, et maman t'aime aussi ;

— Tu crois ? dit Casper ému.

— Certainement ; elle prie pour toi tous les jours, et ne t'oublie jamais en disant son chapelet.

Casper fondit en larmes.

— O Ruth! dit-il, pourquoi Dieu ne m'aime-t-il pas? pourquoi ne me met-il pas quelque part où je serais moins malheureux.

— Pauvre Casper, dit la petite, en le regardant d'un air de compassion; mais elle ne répondit pas.

— Tu n'en sais rien, n'est-ce pas, reprit-il d'un air maussade. Et il essuya ses larmes.

— Peut-être ne le lui as-tu pas demandé assez souvent, dit timidement Ruth, peu encouragée par le ton de Casper.

— Je ne le lui ai jamais demandé?

— Est-il possible? Et pourquoi?

— Je n'y ai jamais pensé... d'ailleurs, à quoi bon?.. personne ne fait jamais ce que je demande.

— Les personnes, dit Ruth avec respect, mais Dieu, il aime qu'on lui demande ce dont on a besoin, et si tu veux aller au ciel, Casper, il faudra le lui demander.

Casper ne répondit rien, il se leva et se remit à chercher des glands avec activité. Ruth en fit autant.

Dans l'ardeur de leurs recherches, tout en éparpillant les feuilles, et écartant les broussailles, ils firent lever un lièvre qui était couché dans la mousse. Il s'arrêta une seconde à les regarder avant de se sauver, et il était si drôle ainsi, que les deux enfants éclatèrent de rire. Un peu plus loin, ils découvrirent son lit encore tout chaud, et s'amusèrent à s'y blottir. Tout-à-coup la voix de M. Broadaxe interrompit leurs jeux : il les appelait pour dîner. Ils se mirent à courir de toutes leurs forces, portant le panier à eux deux.

Tout le monde dînait à ce moment-là, dans la forêt... M. Broadaxe et ses petits compagnons d'abord. Les oiseaux faisaient aussi leur repas, et certes Chip n'était pas oublié. Le petit lièvre qui avait tant amusé les enfants rongeait l'écorce d'un jeune arbre... Hélas, puisqu'il faut dire toute la vérité, à quelque distance, un épervier dévorait le dernier moineau qu'il venait d'attraper ; un crapaud venait d'avaler une mouche, et

tout-à-cout un serpent, sortant du fourré, avala le crapaud.

— M. Broadaxe, dit Casper, qu'est-ce qui fait briller
le soleil.

— Demande à Ruth, répondit le bûcheron.

— C'est le bon Dieu, bien sûr, il a fait le soleil, la
lune et les étoiles.

— Certainement, dit M. Broadaxe, Dieu a tout créé
en ce monde.

— Allez-vous nous causer aujourd'hui, M. Broadaxe
demanda Ruth?

— Allez-vous nous raconter l'histoire que vous m'avez
promise, ajouta Casper?

— Je vais, dit le bûcheron, raconter une histoire
que Ruth sait déjà; mais c'est égal; il est toujours bon
de l'entendre.

— Est-ce sur les petits garçons, dit Casper ?

— C'est sur l'ami des petits garçons... Que disais-tu
à Ruth, ce matin? Que tu es malheureux, je crois?

Oui, dit Casper.

— En quoi donc, mon enfant ?

— Ah ! je crois que vous le seriez aussi, si vous viviez à la maison, et si personne ne vous aimait.

— Eh bien ! je tâcherais de me faire aimer de ceux que j'aimerais.

— Mais puisqu'il n'y a personnne... Il n'y a jamais dans la journée que la vieille madame Clamp, et je la déteste !

— C'est très-mal cela, Casper... Quand même tout le monde t'aimerait, tu serais malheureux, si tu n'aimais personne.

— Mai. personne ne m'aime.

— Personne ? répéta gravement le bûcheron.

— Non, répondit Casper.

— Ecoute, reprit M. Broadaxe après un moment de silence. Il y a bien long-temps, dans un pays qu'on appelle Judée, des bergers gardaient leurs troupeaux. Un ange leur apparut et leur dit : Je vous apporte une

grande nouvelle : il vous est né un Sauveur, qui s'ap
pelle le Seigneur Jésus.....

— Je ne sais pas ce que c'est qu'un Sauveur, dit
Casper.

— Si tu tombais dans l'étang qui est au bout du
village, dit M. Broadaxe, et que je t'en retirasse, je
t'aurais sauvé la vie; si tu avais perdu l'argent de ton
père, et que je payasse pour toi, je t'aurais sauvé d'une
punition : je serais ton Sauveur.

M. Broadaxe continua ensuite son récit :

— Dès que l'ange fut parti, les bergers se dirent :
Allons voir ce Sauveur qui vient de naître.

— Et le trouvèrent-ils ? demanda Casper.

— Oui, ils trouvèrent un tout petit enfant couché
dans une crèche. Ils s'agenouillèrent et l'adorèrent, car
ils croyaient ce que l'Ange leur avait dit. Cet enfant fut
appelé Jésus, c'est-à-dire Sauveur, car, en effet, il
sauva son peuple.

— Comment, dit Casper ?

— Tu vas voir : Pendant trente ans, notre Seigneur habita en ce monde, guérissant les malades, instruisant les ignorants et surtout donnant l'exemple de toutes les vertus. Quelques-uns l'écoutèrent; mais le plus grand nombre refusa de lui obéir, parce que Jésus-Christ leur disait de faire le bien, et eux voulaient faire le mal. Enfin ces méchants le prirent, et le firent mourir sur une croix. Mais, trois jours après, il ressuscita et monta au ciel, où il est toujours.

— Pourquoi s'est-il laissé tuer ? demanda Casper, vivement intéressé.

— Mais il était venu pour cela, répondit Ruth. Tout le monde avait offensé Dieu, et méritait d'être puni ; alors Jésus-Christ est venu souffrir à notre place, pour que le bon Dieu nous pardonnât. Et il a dit que tous ceux qui l'aimeront iront au ciel ; mais pour ce, vois-tu, Casper, il faut l'aimer de tout notre cœur.

— Eh bien! Casper, dit le bûcheron, crois-tu encore que personne ne t'aime ? Dieu a tellement aimé le monde, qu'il a permis que son fils unique mourût pour le sauver, et Jésus-Christ nous aime tant, qu'il a bien voulu mourir dans d'horribles souffrances pour que nous tous, toi Casper, Ruth, moi, puissions aller dans le paradis et non pas en enfer

— Oui, mais il n'est plus ici à présent, dit Casper en soupirant.

— Il est toujours près de toi, Casper, il te voit, il connaît toutes tes pensées, et si tu veux l'aimer et le prier, il ne t'abandonnera jamais, ni la sainte Vierge non plus. Elle sera ta mère !

Casper ne répondit rien ; la tête appuyée sur sa main, il était là immobile et silencieux. Quand le bon bûcheron annonça qu'il était temps de partir, il le suivit et marcha à travers la forêt, sans dire un mot. Une seule fois, il rencontra les yeux de Ruth, et des larmes coulèrent le long de ses joues, mais il se hâta de les essuyer.

M. Broadaxe emmena les deux enfants souper chez

lui; au moment de partir, Casper s'approcha du bûcheron.

— Quand continuerez-vous cette belle histoire?
dit-il.

— Je ne sais, répondit M. Broadaxe; demain il faut
que je travaille... Enfin, nous verrons.

Ruth et Casper s'en allèrent tranquillement ensemble,
jusqu'à la chaumière de madame Cheerful. Quand ils
furent près de se quitter, Ruth lui dit :

— Ma mère te racontera aussi des histoires quand tu
voudras... Si tu venais demain?

— Je ne puis pas, il faut que j'aille au moulin pour
mon père.

— Eh bien! alors, viens dimanche après la messe.

— Peut-être; et, souhaitant le bonsoir à sa petite amie,
il se sauva tout en courant, car il était fort tard, et les
oiseaux de la forêt avaient tous regagné leurs nids.

# VIII

Elle était très-grande la forêt dans laquelle M. Broadaxe exerçait son métier de bûcheron et où la petite Ruth ramassait du bois. Les arbres s'élevaient comme une grande muraille, tout près du village où demeurait Casper, et, de là, s'étendaient dans les montagnes, et jusque sur leur sommet.

Près du village, les fourrés avaient été éclaircis, les arbres taillés, et l'on ne trouvait, en fait d'animaux sauvages, que des écureuils et des lapins ; mais, en avançant vers la montagne, la forêt devenait plus épaisse.

Les arbres étaient plus rapprochés, la vigne vierge croissait sur leurs troncs et s'enroulait autour de leurs branches. Des buissons d'églantiers, des cornouillers et des airelles poussaient sur leurs racines ; les pyroles laissaient pendre leurs branches chargées de jolis fruits rouges. Les oiseaux sauvages savaient bien les découvrir. Il n'en manquait pas dans la forêt. Le pivert allait et venait sans cesse sur les arbres creux, attrapant les insectes sous l'écorce, avec son bec tranchant. L'oriole balançait son nid, suspendu comme un hamac aux branches d'un orme, et défiait alors le serpent noir.

Mais on entendait d'autres bruits que le tap tap du pivert et le petit cri aigu du haclrec (1) : un loup rôdait parfois autour de la forêt, et d'autres à sa suite, et quand ils faisaient entendre leurs sinistres hurlements, les petits animaux attardés tremblaient de tous leurs mem-

---

(1) Nom que donnent les Indiens au petit écureuil rayé.

tres. Les daims et les biches, couchés sur la fougère, tressaillaient en distinguant les bonds légers de la panthère, et se sauvaient, épouvantés.

Un vieux loup gris et sa famille avaient leur antre juste au pied de la montagne. Il avait élu domicile dans une espèce de caverne qui paraissait faite exprès pour des loups. Là, vivait une vieille louve avec ses huit louveteaux, dont elle avait garni le lit avec de la mousse et du poil. C'étaient d'abord de petites bêtes bien douces au toucher ; leur mère les trouvait probablement parfaits, et jouissait d'avance du bonheur de les soigner six à huit mois. Quand ils purent manger de la chair, le loup et la louve allaient à la chasse pour eux, et leur rapportaient des daims, des moutons et toutes sortes de bonnes choses.

Ces soins incessants profitèrent si bien aux louveteaux qu'en peu de temps ils eurent la force de mettre un agneau en pièces.

Dans le voisinage, quoique grands ennemis des loups,

vivait, au plus épais de la forêt, une famille de renards. Ils étaient sept, le père, la mère et cinq petits. Sept de trop, en vérité, tant ils étaient méchants. Le vieux renard sortait sans bruit la nuit, allait dans les fermes bien loin, et s'il rencontrait un poulet errant où perché sur une branche trop basse, il le tuait, et se dirigeait vers ses petits, tenant sa victime dans sa gueule.

Si, par hasard, il apercevait une porte de poulailler ouverte, il y entrait et tuait même plus qu'il ne pouvait emporter. Il y avait bien des moments où le gibier parvenait à cacher sa couvée ; il fallait alors se contenter de lézards, de grenouilles et de mulots : c'était le mauvais temps, car la pitance était mince, et l'appétit toujours énorme.

Quelquefois, ces vilains animaux faisaient entendre de terribles cris, quand ils ne pouvaient atteindre les grappes de raisin sauvage qui pendaient aux arbres, près de leur repaire. Le raisin leur eût fait si beau dessert !

Sur un de ces arbres, un oriole avait bâti son nid. C'était un nid ingénieux, suspendu par plusieurs fils, noués à l'extrémité de la branche. L'intérieur, garni de petites touffes de laine et de mousse, était doux et moëlleux. Le nid allait en rétrécissant, ne présentant, pour ouverture, qu'un petit trou, au-dessus duquel pendait un gros bouquet de feuilles d'orme, qui garantissaient de la pluie.

Les oiseaux étaient aussi jolis que leur nid. Ils étaient vêtus de belles plumes orangées et noires, et volaient dans le feuillage vert, comme des rayons de lumière. Ils sifflaient tout en construisant leur nid ; quand ce grand ouvrage fut achevé, et que la petite mère eut pondu cinq œufs blancs tout tiquetés de rouge, elle les couva et laissa l'autre oiseau siffler tout seul.

Au bout de quelque temps, cinq jeunes orioles, couverts d'un mince duvet, sortirent des œufs ; alors le père et la mère devinrent encore plus affairés. Au point du jour, ils s'envolaient et revenaient bientôt avec des vers ou des insectes pour les petits.

Il y avait une espèce de scarabée vert qu'ils aimaient beaucoup. Dès que le gros oiseau apparaissait, ils ouvraient tous les cinq le bec ; ils savaient pourtant bien que la mère ne leur donnait à manger que chacun à leur tour ; mais ils n'y pensaient pas, ou plutôt ils espéraient qu'elle l'oublierait.

Quand ils furent un peu plus grands, leurs plumes commencèrent à pousser ; ce qui les embellit beaucoup. Leur nid devenait trop petit ; mais l'ouverture était si haut, qu'ils ne pouvaient y arriver, car leurs ailes étaient encore bien faibles.

— Si nous pouvions au moins grimper jusqu'en haut, dit l'un, nous verrions si bien dehors.

Et le voilà qui essaie, mais en vain. La mère arriva alors avec un scarabée vert.

— Maman, s'écrièrent-ils tous à la fois, pourquoi ne pouvons-nous pas monter ?

— Parce que ce n'est pas possible.

Les petits se turent. La mère s'envola. A son retour, ils crièrent encore.

— Pourquoi ne nous faites-vous pas monter ?

— J'ai bien autre chose à faire, dit madame Oriole, mettant un ver dans le bec du plus criard, et se sauvant.

— Ecoutez, dit ce dernier d'un air mystérieux, attendons jusqu'à ce soir, et nous lui demanderons encore.

Quand le soleil fut couché, que la mère revint et les couvrit de ses ailes, ils sortirent leurs têtes de dessous ses plumes et commencèrent à parler.

— Maman, qu'y-t-il hors du nid ?

— De grands arbres, mes enfants, dit la mère tout endormie, car elle était fatiguée.

— Et puis quoi ? dirent les petits.

— Des renards.

— Des renards, s'écrièrent-ils, ouvrant leurs yeux tout grands, oh ! qu'est-ce que c'est que ça ?

— De grosses bêtes qui aiment beaucoup les petits oiseaux et qui les dévorent.

A ces mots, toutes les petites têtes se renfoncèrent sous l'aile de la mère. Ils s'endormirent. Quand le jour reparut, ils se sentirent encore une fois très-braves.

— Maman, comment se fait-il que vous n'ayez pas peur des renards ?

— Je sais voler, et elle partit.

— Alors les renards ne volent pas, c'est certain, dit l'un, et s'ils ne volent pas, ils ne peuvent monter jusqu'ici. J'aimerais bien les voir ! Il commença à grimper avec beaucoup de précaution ; après bien des efforts, il arriva en haut, et put passer la tête par le trou.

— Oh ! la magnifique eau !

— Il y avait bien de grands arbres, comme l'avait dit la mère ; mais où étaient les renards.

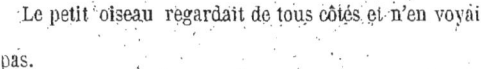

Le petit oiseau regardait de tous côtés et n'en voyait pas.

Tout-à-coup il aperçut quelque chose qui remuait, et un gros serpent noir commença à s'enrouler autour d'un arbre qui était là tout près. Arrivé au sommet, il fourra sa tête dans un nid de moineaux, et les avala tous l'un après l'autre.

Le jeune oriole eut tellement peur, qu'il ne songea plus à se tenir ; heureusement, il n'était pas sur le bord du nid, car il fut devenu la proie du serpent. Il se crut mort, et retomba sur ses frères. Sa mère le retrouva dans cet état ; il ne fallut rien moins que la tentation d'un scarabée vert pour le rappeler à la vie.

Cette leçon rendit les jeunes orioles plus prudents et moins curieux.

# IX

Le lendemain de cette belle journée passée dans la forêt, Casper, comme il le prévoyait, fut envoyé au moulin pour renouveler la provision de farine.

Tout en cheminant dans la poussière, le sac sur l'épaule, il réfléchissait à ce que M. Broadaxe lui avait dit.

Deux idées nouvelles s'étaient emparées de son esprit : la première c'est qu'il lui fallait aimer quelqu'un pour être heureux ; la seconde, que Dieu l'aimait vraiment.

— Mais, se demandait-il, pourquoi a-t-il fait mourir ma mère ? et pourquoi suis-je aussi malheureux ?

Peut-être parce que je ne suis pas assez sage... Comment faire pour le devenir ? c'est si difficile ! M. Broadaxe lui avait bien dit : Prie Dieu, il exaucera ta prière ; mais il ne savait pas prier. Cependant il s'agenouilla, se recommanda à l'enfant Jésus et à sa sainte mère, leur demanda de le bénir et de le faire aller au ciel. En se relevant, tout lui parut changé : le soleil était plus radieux, la brise plus douce...... tout cela parce que le cœur de Casper était content.

Le moulin était situé à peu près à deux milles de chez Casper, sur une petite rivière qui descendait en bouillonnant du haut de la colline, et coulait doucement à travers une large prairie. Au dehors, tout était fraîcheur et propreté ; mais intérieurement tout était couvert d'une poussière blanche ; de grands sacs de farine étaient çà et là, et le meunier lui-même et ses garçons avaient l'air de sacs de farine ambulants.

Lorsque Casper arriva, tout était en mouvement au moulin : l'eau écumait à gros bouillons ; la grande roue tournait et faisait mouvoir deux énormes meules qui broyaient les grains de blé. On passait alors la blanche farine à travers un tamis pour en extraire le son ; il y en avait qui était passée deux ou trois fois ; celle de Casper ne le fut qu'une seule. Quand l'enfant fut servi et qu'il eut payé, le meunier l'engagea à se reposer un peu avant de s'en retourner. Casper accepta et s'assit. Il était content de ne pas revenir tout de suite chez lui ; rien d'agréable ne l'y attendait ; il serait trop tard pour aller retrouver Ruth au bois ; puis il était très-fatigué... deux milles c'est bien long pour de petites jambes !

Tout le monde était occupé ; les meuniers allaient et venaient ; le moulin continuait son bruit. Casper regardait, par la porte ouverte, les oiseaux voltigeant çà et là ; la rivière du moulin qui coulait en petites rigoles, puis le clocher du village ; de l'autre côté, s'étendait la forêt. La vue de ses grands arbres le fit penser à Ruth, à M. Broadaxe et même à Chip. Il se demanda ce qu'ils faisaient. Il se demanda aussi s'il serait jamais aussi bon que

Ruth ; ce qu'il ferait alors, et ce qu'il ne ferait pas ; si on l'enverrait encore aussi loin portant un sac pesant ; si son père l'obligerait toujours à puiser de l'eau, et si dans ce cas, il obéirait de meilleure grâce que de coutume. En pensant à tout ceci, Casper posa la tête sur un sac et s'endormit.

— Qu'allons-nous faire de ce petit garçon ? dit le meunier, lorsque l'heure du dîner arriva.

— Enfermons-le et laissons-le là , dit un des garçons. Ils fermèrent, en effet, le moulin et s'en allèrent dîner.

Dès qu'ils furent partis, les souris, qui avaient l'habitude de venir faire leur repas, pendant l'absence des meuniers, s'avancèrent ; en apercevant Casper, elles reculèrent d'épouvante, mais peu à peu elles s'enhardirent le voyant immobile, et elles se mirent à dîner.

Pauvre petit Casper !

Il était là couché à terre, la tête mal appuyée sur un sac, les pieds pendants ; les cheveux et les habits couverts de farine. De temps à autre il remuait, comme quelqu'un mal à l'aise; puis il souriait si doucement que Ruth eût été heureuse si elle eût pu le voir.

Qu'est-ce qui pouvait le faire sourire ainsi ? Il rêvait : tout d'abord son rêve n'avait pas été agréable : il avait faim, il était fatigué; mais bientôt son sommeil était devenu paisible.

Alors il se crut dans un magnifique séjour ; les rues étaient pavées d'or; la lumière était éblouissante. Casper se trouvait bien déplacé dans ce lieu de délices, avec ses habits déguenillés. Mais en se regardant, quelle ne fut pas sa surprise ! Ses vêtements étaient d'une blancheur éclatante : il se sentait reposé, consolé, il lui semblait qu'il ne pourrait même plus répandre de larmes. Tout-à-coup il aperçut Ruth. Dieu ! qu'elle était belle avec des vêtements semblables aux siens ! Elle s'approcha de lui pour lui parler; mais il ne lui en donna pas le temps, il lui demanda tout de suite comment ils se trouvaient là tous les deux.

— Ruth répondit : C'est notre Seigneur, Casper, qui

nous a conduits dans son paradis ; tu sais bien qu'il est mort pour le gagner à ceux qui l'aiment.

Casper était si heureux qu'il s'imagina verser des larmes de joie; pourtant ses yeux étaient secs..... Il se les frotta tellement, croyant toujours pleurer, qu'il se réveilla.

La belle vision était évanouie. ... il se retrouva dans le moulin, couché sur un sac de farine; puis au lieu de la douce voix de Ruth, il entendit celle du meunier.

— Eh bien! petit dormeur, dit-il, tu as fait un fameux somme!

— J'aurais bien voulu ne jamais m'éveiller, répondit Casper.

Tous les garçons meuniers éclatèrent de rire. Casper avait le cœur gros; il prit son sac et sortit du moulin, sans dire un mot. Avec quel dégoût il regarda ses habits en les comparant à ceux de son rêve! Il était tout-à-fait découragé. Il marcha d'abord très-vite, espérant fuir ses tristes pensées ; puis il ralentit sa marche et finit par s'arrêter et s'asseoir près d'une haie.

C'est alors qu'il se trouvait malheureux. Dieu sait quand il aurait continué sa route, s'il n'eût entendu le bruit des roues d'un chariot. Alors il se leva, rechargea son sac avec peine, et se remit en chemin.

Il s'aperçut bientôt qu'il y avait un trou à son sac ; les souris l'avaient rongé pendant son sommeil ; la farine se perdait et laissait une trace blanche derrière lui. Le chariot était tout près de Casper, et s'arrêta. Il était rempli de gerbes de blé, et traîné par de gros chevaux bruns ; un homme à l'air aimable et bon le conduisait.

— Dis donc, mon garçon, dit il à Casper, qui est-ce qui demeure là-bas dans la maison rouge, à côté du verger ?

— C'est le fermier Pippin, répondit-il.

— Eh bien, mon enfant, veux-tu courir jusque-là ui demander la peau de mouton qui appartient à

M. Sickles, et tu me la rapporteras, car je ne puis quitter mes chevaux !

— Casper ne s'en souciait guère.

— Tu répands ta farine, dit l'homme en souriant.

— Ce n'est pas moi, répartit Casper, c'est le sac.

— Ce n'est pas la faute du sac en tous cas, reprit M. Sickles... Allons ! veux-tu ou non faire ma commission ?

Casper avait grande envie de dire non; il était tard, il était fatigué ; son sac était assez facile à mettre à terre, mais difficile à recharger ; enfin pour arriver chez M. Pippin, il fallait traverser deux prairies et deux barrières... Il allait refuser lorsque tout-à-coup le souvenir des bons conseils qu'on lui avait donnés... lui faisant refourer ses mauvais instincts, il répondit généreusement et avec fermeté : Oui.

Il posa son sac, escalada la barrière, et partit tout en courant. M. Sickles le rappela.

— Viens ici, lui dit-il.

Casper, assez mécontent, revint sur ses pas. M. Sickles ouvrant sa bourse, en tira de l'argent. Voici, dit-il, quatre shillings que je dois au fermier... tu les lui remettras, c'est le moyen le plus sûr d'avoir la peau de mouton. Va vite maintenant.

— C'est pour ça que vous m'avez rappelé ?

— Sans doute... Ah ! tu n'as pas l'air satisfait. Il ne faut pas craindre de venir en aide aux autres, mon enfant, on peut avoir besoin d'eux un jour. Ne te presse pas trop ; pourtant plus tôt tu reviendras, plus je serai content.

Casper se remit en route, et revint peu de temps après avec la peau de mouton.

— Allons ! c'est bien, dit M. Sickles, tu es un bon petit garçon... Où vas-tu ainsi ?

— A la maison, répondit Casper.

— Où est-ce ?

— Dans le village.

— Crois-tu que ces petits pieds-là pourront t'y conduire?

— Je crois que oui.

— Aimes-tu mieux aller à pied qu'en voiture !

— Oh ! non.

— Alors saute-là dessus et assieds-toi sur le blé..
comme ça il y a quelque espoir que ta farine arrive chez
toi, car tu pourras tenir le sac d'une main et le trou de
l'autre.

— Voyons ! grimpe vite.

Casper ne se fit pas prier, il monta de fort bonne grâce. M. Sickles l'installa au milieu des gerbes de blé, et
les chevaux marchèrent... Quel bonheur que leur fardeau soit si lourd, pensait l'enfant ; ils ne pourront pas
aller vite !

En effet, le chariot avançait fort lentement, tout en
cahotant sur les pierres...

Casper se trouvait à merveille ; les épis de blé lui
chatouillaient la figure, lui entraient dans les yeux,

lui ébouriffaient les cheveux ; mais peu lui importait...

c'était si bon d'être en voiture !

— Comment est ton village, demanda M. Sickles,
est-il beau ?

— Non, répondit Casper.

— Tant pis... mais en quoi n'est-il pas agréable ?

— Je ne sais pas... peut-être l'est-il... mais notre
maison ne l'est toujours pas.

— Comment cela ?

— Ma mère est morte, dit tristement Casper, comme
si cela expliquait et renfermait tout.

M. Sickles détourna la tête et excita ses chevaux.

— Sais-tu où je demeure ? reprit-il un peu après.

— Non, dit Casper.

— Vois-tu en haut de la colline, une maison blanche
avec une grange rouge ?

— Oui !

— Eh bien ! c'est là... et c'est bien gai ! je t'assure.
Crois-tu que tu saurais venir jusque-là ?

Mais leur bonheur n'était rien auprès de celui de Casper.

# X

La maison de M. Sickles était située sur une haute colline qui s'élevait derrière le village. De jolies prairies, des champs de blé, des terres boisées garnissaient le penchant de cette colline, que [la route traversait en serpentant. On voyait, derrière l'habitation un bouquet de grands arbres d'un vert foncé ; devant et sur les côtés, de belles plates-bandes de fleurs et de légumes. Un peu plus loin était une vaste grange en briques, une étable, un poulailler et un pigeonnier. Tout était parfaitement entretenu.

C'était une superbe matinée d'été ; le soleil, qui éclairait déjà depuis long-temps le sommet de la montagne, plongeait dans la vallée.

Le coq noir de M. Sickles chantait de tout son cœur; peut-être était-ce de joie, car il voyait arriver madame Sickles, portant le repas habituel de la volaille. Elle le distribua, et chacun y fit honneur. Ensuite elle regarda dans les champs si elle apercevait son mari qui travaillait avec les gens de la ferme ; mais ils étaient tellement loin qu'elle ne les pouvait distinguer.

Le petit chien roux, qui était à ses côtés, poussa, tout-à-coup, un aboiement aigu. Madame Sickles se retourna et regarda sur la route. A une grande distance, elle vit un petit garçon qui se dirigeait vers sa demeure. Elle avança jusqu'à la grille du jardin et y resta les yeux fixés sur l'enfant qui, lui-même, ne la perdait pas de vue.

Madame Sickles était une belle jeune femme, avec de doux yeux, des cheveux brillants, et une figure aimable. Elle était mise fort simplement ; sa robe de couleur foncée était presqu'entièrement recouverte par un tablier de cotonnade, et son bonnet était d'une blancheur éblouissante.

Lorsque le petit visiteur fut tout près de la porte du jardin, elle fit un pas en avant.

— Est-ce toi qui es Casper ? dit-elle.

— Oui, madame, répondit le petit garçon.

— Oh ! quel bonheur ! j'avais peur que tu ne vinsses pas. Elle se baissa, regarda Casper et l'embrassa.

Casper était tout interdit ; il sentit les larmes lui venir aux yeux. Pauvre petit ! on l'embrasse si rarement !

Se rappelant les paroles de M. Sickles, au sujet de la sensibilité de sa femme, il détourna vite sa tête et essuya ses pleurs. Il espérait que madame Sickles n'aurait rien vu ; mais il fut bien inquiet, en la voyant porter son mouchoir à ses yeux. Pourtant, il se rassura,

car elle n'avait pas l'air effrayé ; elle le prit par la main,
et le fit entrer.

M Sickles est aux champs, dit-elle, il ne .rentrera
que pour dîner ; c'est moi qui aurai soin de toi en attendant. Es-tu venu à pied ?

— Oui, madame, répond Casper. Oh ! comme ces
fleurs sentent bon !

Cette remarque parut faire plaisir à madame Sickles;
elle cueillit une rose rouge, et la lui mit à la bouton-
nière de sa veste

Mais à quelle heure déjeûne-t-on chez toi, reprit-
elle, comment as-tu pu arriver ici d'aussi bonne heure?

— On déjeûne quand papa se lève, dit Casper, car
il ne voulait pas expliquer au juste ce qui s'était passé, c'est-à-dire qu'il avait attrapé un morceau de pain
sec, avec lequel il s'était sauvé, pendant que tout le
monde dormait.

— Qu'est-ce que tu vas faire ici toute la journée?

— Je ne sais pas, et vous?

Cette question était un peu sans gêne; mais madame Sickles paraissait si bonne, que Casper oubliait qu'il la voyait pour la première fois, et il se permit de lui demander cela tout en souriant.

Elle lui répondit avec douceur qu'elle allait laver les tasses du déjeûner, et que, pendant ce temps, il serait bien gentil d'aller donner à manger aux poulets.

Casper accepta, enchanté. Alors madame Sickles prépara la nourriture, conduisit Casper à la cage des petits poulets, et le laissa.

L'enfant oublia là qu'il eût jamais été malheureux ; il était ravi de voir les beaux petits animaux venir prendre la pâtée qu'il leur jetait par cuillerées. Ils y faisaient grande fête ; mais leur bonheur n'était rien auprès de celui de Casper. Il y avait, dans le gazon, de grandes marguerites et du trèfle fleuri ; il en cueillit et en couvrit la cage. Jamais, pensait-il, il n'avait vu de si belles fleurs.

Soudain on l'appela.

Il tressaillit, se figurant que quelqu'un était venu le chercher ; mais il ne vit que madame Sickles, un panier à la main. Il courut à elle.

— Je vais dans le jardin cueillir des haricots, dit-elle : veux-tu venir m'aider ?

Casper n'avait jamais cueilli de haricots ; mais il eut bientôt appris à connaître ceux qui étaient mûrs. Quand le panier fut plein, madame Sickles prit deux ou trois grosses calebasses jaunes à raies vertes, et les emporta avec les haricots. Rentrée à la maison, elle pela les calebasses, et Casper écossa les haricots. Quand ce fut terminé, elle lui dit d'aller s'amuser comme il le voudrait dans la maison ou dehors, jusqu'à l'heure du dîner.

— Madame, permettez-vous, dit-il, d'aller partout?

— Certainement, répondit la bonne fermière en souriant ; je suis sûre que tu n'abîmeras rien.

— Oh ! je ne toucherai à rien du tout ! je regarderai seulement. Et il partit.

D'abord il alla dans le parloir ; mais il y faisait tellement sombre, les stores étant baissés, qu'il n'y vit pas grand'chose.

Il sortit et monta tout doucement.

Il traversa beaucoup de petites chambres qui, pour la plupart, paraissaient inhabitées. Dans quelques-unes il y avait des lits, mais ils n'étaient pas faits ; dans d'autres, il y avait, sur les fenêtres, des plats remplis de fruits ; le long des murs pendaient des poires sèches et du poivre long enfilé sur des ficelles ; puis on voyait des herbes de toute espèce. Dans une autre pièce, il aperçut une quantité de laine filée et un rouet. Il ne fit que traverser ces chambres, et ouvrit une autre porte.

Ah ! là au moins quelqu'un couchait, car le lit était tout prêt ; la cruche pleine d'eau et des serviettes blanches préparées sur la toilette. Il y avait une glace et une petite table couverte de blanc.

Un portrait d'enfant était accroché entre les deux fenêtres ; Casper monta sur une chaise pour le mieux voir. C'était la jolie figure rose d'un petit garçon ; il portait un tablier bleu montant jusqu'au cou , et tenait un chapeau de paille à la main. Sur le devant du tableau était un petit chien roux qui avait tout l'air de Gruff, le chien de madame Sickles.

Casper regarda long-temps ce portrait.

Cette figure douce et bonne lui rappelait Ruth , et lui faisait plaisir à voir. Il se demandait qui cet enfant pouvait être, et où il était. Il résolut d'aller le demander à madame Sickles ; il sauta en bas de la chaise et descendit à la cuisine. Il n'y avait personne.

Alors, apercevant une grande porte ouverte sous le hangard, il s'y dirigea pour regarder ce qu'il y avait à voir de ce côté-là.

Le hangard était rempli de toutes sortes de choses , et Casper trouva des distractions.

Sur les rayons pendaient des peaux de veaux et une peau de brebis que Casper reconnut aisément. Après le mur étaient suspendus des fers à cheval, des brides, des casseroles.

Dans un coin, il y avait un seau, un balai, et, au fond, des boîtes et des tonneaux; au moment où Casper s'approchait pour les explorer, une poule blanche à huppe rouge et à pattes jaunes sortit effarée de l'un des barils, et commença à glousser de toute sa force.

Casper était stupéfait; il croyait avoir rendu cette poule folle de frayeur; il ne la quittait pas des yeux, et courait à reculons vers la cuisine; il se jeta contre madame Sickles.

— Je n'ai pas fait peur exprès à la poule, s'écria-t-il; j'approchais, et elle s'est sauvée.

— Elle n'a pas peur, mon enfant; elle fait ce tapage, parce qu'elle vient de pondre. Viens chercher l'œuf.

Casper, rassuré, suivit la fermière. Elle le souleva, car il était trop petit pour voir dans le tonneau, et il aperçut au fond un gros œuf blanc. Madame Sickles le prit et le fit porter dans la laiterie par Casper ; il le posa dans un plat déjà rempli d'œufs de toutes grosseurs.

— Madame Sickles, dit tout-à-coup Casper, où donc est le petit garçon d'en haut? est-ce qu'il demeure ici ?

Madame Sickles, qui avait suivi Casper dans la laiterie, venait de sourire en le voyant s'amuser de tout ; mais quand il lui fit cette question, elle tressaillit et devint d'une pâleur effrayante.

— Non, dit-elle, à voix basse.

— Où demeure-t-il donc ? continua Casper.

Elle ne répondit pas d'abord, puis faisant un effort sur elle même.

— Dans le ciel ! dit-elle. Et elle s'enfuit précipitamment.

Casper la chercha ; mais elle était partie si vite qu'il n'avait pas vu de quel côté elle était passée. Il s'assit, silencieux et interdit ; il avait rêvé du ciel; M. Broadaxe et Ruth lui en avaient parlé, et voilà qu'il avait vu l'image d'un enfant qui y demeurait réellement, qui y vivait toujours. Il se demandait s'il y était heureux, s'il_avait été malheureux, comme lui, sur la terre, s'il portait des vêtements blancs resplendissants comme ceux qu'il avait vus en songe.

Il remonta pour regarder encore le petit garçon.

— Oh! je suis sûr qu'il était bien sage, se disait-il : il ressemble tant à Ruth !

— L'heure du dîner étant venue, M. Sickles rentra; le repas se passa fort agréablement, tout était fort bon et plus substantiel que le déjeûner de Casper. Quant à ce dernier, il était méconnaissable. Certes, il était tranquille et ne parlait pas trop ; mais il était gai, riait de bon cœur, et sa petite figure était toute radieuse.

Après le dîner, M. Sickles retourna aux champs; il emmena Casper avec lui, dans une charrette traînée par des bœufs.

— Eh bien! dit |M. Sickles, chemin faisant,, as-tu bien effrayé ma femme ce matin

— Mais non , pas du tout, répondit l'enfant.

— Oh ! je parierais bien que si !

On arriva dans les champs. Trois ou quatre hommes faisaient le foin. Les uns le mettaient en grosses meules ; d'autres le rassemblaient avec leurs rateaux, et le jetaient dans la charrette avec de grandes fourches.

Casper trouva un rateau , dont le manche était cassé, de sorte qu'il était très-court; c'était précisément son affaire ; il s'en empara et aida aux travailleurs.

Quand la grande charrette était pleine, elle prenait le chemin de la grange ; là on déposait le foin et on revenait en chercher d'autre. Il commençait à se faire tard ; Casper avait bien joué avec M. Sickles ; il fallait rentrer. Le bon fermier monta avec lui sur la voiture de foin ; ils arrivèrent ainsi au logis.

Madame Sickles les attendait sur la porte. Elle fit descendre Casper.

Le thé était prêt ; on le prit , et le petit invité se disposa à retourner chez lui.

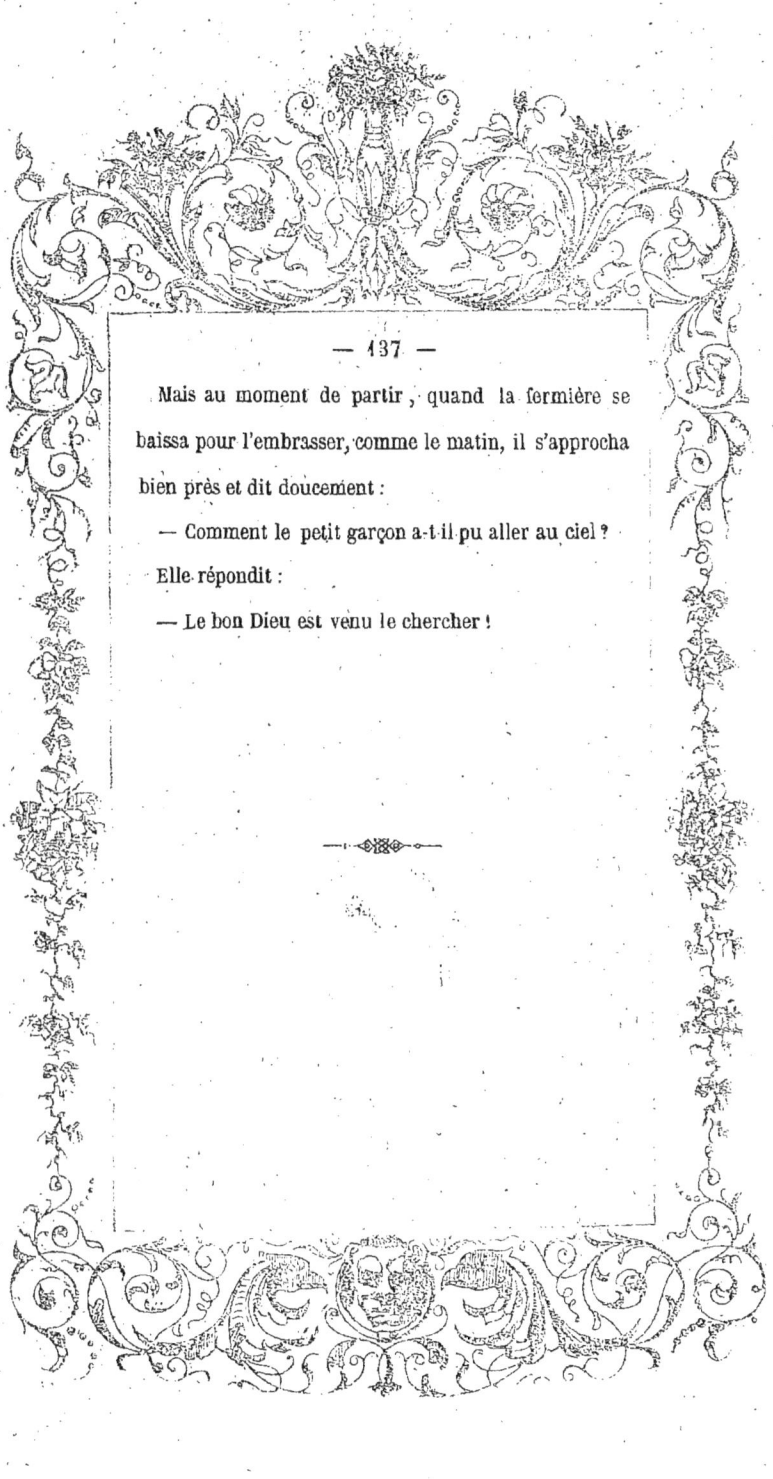

Mais au moment de partir, quand la fermière se baissa pour l'embrasser, comme le matin, il s'approcha bien près et dit doucement :

— Comment le petit garçon a-t-il pu aller au ciel ?

Elle répondit :

— Le bon Dieu est venu le chercher !

# XI

— Mère, dit la petite Ruth, comme il y a long-temps que Casper n'est venu !

— Combien donc y a-t-il, mon enfant ?

— Je ne l'ai pas vu depuis le jour que M. Broadaxe nous a menés dans la forêt.

— Il n'y a que quatre jours de cela, ma fille.

— C'est vrai... Et je me rappelle qu'il devait aller au moulin le lendemain. Mais, qu'a-t-il pu faire vendredi et samedi ?

— Samedi, il a plu, dit la mère.

— Oui... mais il n'a plu ni vendredi ni dimanche, et je l'avais tant prié de venir dimanche, et il faisait si beau !

Ruth se mit sur le pas de la porte, pensant toujours à son petit ami. Tout-à-coup, elle distingua des pas précipités, et bientôt Casper lui-même parut tout essoufflé.

Ruth poussa plus d'une exclamation, et lui fit bien des questions; mais il était tellement hors d'haleine qu'il resta quelques minutes sans pouvoir parler.

— Enfin, dit-il, me voilà !... ce n'est pas sans peine !

— Pourquoi as-tu tant tardé à venir ?

— Je n'ai pas pu.

— Pas même dimanche ! car tu n'as pas été au moulin dimanche ?

— Non... mais mon père est resté à la maison et m'a gardé avec lui. O Ruth ! que je suis malheureux ! je ne te verrai plus !... Il se mit à pleurer.

— Que veux-tu dire? s'écria Ruth. Explique toi, je t'en prie, Casper?

— Mon père m'a défendu de sortir du village ; mais je ne l'écouterai pas... Je me suis déjà sauvé aujourd'hui, et je me sauverai encore.

— Oh! ne dis pas de ces choses-là ; ne parle pas ainsi de ton père! dis-moi seulement ce qui est arrivé.

— Je ne puis rien te dire du tout, si tu ne veux pas que je parle de lui, répondit Casper d'un air grognon.

— Voyons, ne te fâche pas, dit Ruth doucement, raconte-moi tout!

— Je sais bien que je me mets toujours en colère, mais c'est si dur d'être traité ainsi.

« Tu vas tout savoir : d'abord vendredi, j'ai été passer la journée chez M. Sickles ; Dieu ! Ruth, que c'est beau ! Figure-toi des meules de moulin plus hautes que des maisons ; je ne sais combien de poulets et des fleurs partout ! Et madame Sickles est si bonne! elle m'a permis de donner à manger à ses poulets ; puis j'ai été aux champs, j'y suis resté toute la journée ; je ne suis rentré qu'à la nuit.

— Oh ! comme tu as dû t'amuser, dit Ruth, heureuse du bonheur de son ami. Mais, quand M. Sickles t'a-t-il invité ?

— L'autre jour, je l'ai rencontré en revenant du moulin. Dieu ! que c'est beau chez lui ! je ne puis m'empêcher d'y penser !

— Et tu y retourneras encore, n'est ce pas ?

— Non, je n'irai plus jamais nulle part. Tu te rappelles que le soir que nous sommes allés au bois, je suis rentré tard aussi. Mon père a été très-mécontent, parce qu'il n'a pas trouvé son feu allumé en arrivant, et parce que je suis parti deux fois avant son réveil. Alors il m'a défendu de sortir. Hier il est resté à la maison toute la journée, et je n'ai pas pu bouger ; mais aujourd'hui il est allé travailler, et me voici.

Ils se regardèrent quelque temps sans parler, puis Ruth lui dit :

— Viens tout raconter à maman ; nous verrons ce qu'elle dira.

Casper entra dans la chaumière, et recommença son récit. Ruth ne quittait pas sa mère des yeux ; elle cherchait à deviner sa réponse. Un triste sourire effleura les lèvres de la bonne aveugle.

— Mon petit Casper, dit-elle enfin, le bon Dieu a dit dans ses commandements : « Honore ton père et ta mère. » Eh bien ! mon enfant, pour les honorer, il faut leur obéir.

— Est-ce que vous ne voulez plus que je vienne, dit Casper, le cœur gonflé.

— O mère, dis-lui vite que si, dit Ruth.

— Certes, cela me ferait grand plaisir, si son père ne le lui avait défendu.

— Ça m'est bien égal, répliqua Casper, si vous ne me le défendez pas, vous, je viendrai tout de même,

— Alors tu désobéiras à ton père.

— Qu'est-ce que cela me fait ?

— Mais oublies-tu que tu désobéirais à Dieu, qui t'ordonne d'être soumis à tes parents.

Il ne trouva rien à répondre. Le courage de Ruth l'abandonna aussi ; elle n'avait plus d'espoir.

Madame Cheerful attira les deux enfants vers elle : Venez, dit-elle, je vais vous raconter une histoire :

« Dans tous les pays où les troupeaux sont nombreux, il y a des hommes appelés bergers, dont la seule occupation est d'en prendre soin. Quand il fait mauvais, les moutons rentrent le soir dans les bergeries ; mais, pendant l'été, ils passent les nuits dehors. Alors le berger reste avec eux, il ne les quitte jamais. Quand ils changent de pâturage, si le bon pasteur aperçoit un faible agneau qui a peine à suivre les autres, il le prend dans ses bras et le porte ; si quelque brebis s'égare, il parcourt la campagne jusqu'à ce qu'il la retrouve. Si le loup veut lui en ravir, il combat et le chasse. Aussi son

troupeau connaît sa voix et le suit partout. Crois-tu,
Casper, que ces moutons puissent craindre quelque
chose?

— Non, sans doute, répliqua l'enfant!

— Ni le froid ni les loups cruels?

— Mais, puisque le berger les abrite et les défend!

— Que penserais-tu d'un agneau qui refuserait de
suivre le pasteur, sous prétexte qu'une prairie ne lui
plairait pas?

— Je dirais qu'il est bien sot et bien méchant!

— Eh bien! maintenant, écoute une autre histoire, et
celle-là, c'est notre Seigneur lui-même qui l'a racontée :

« Je suis le bon pasteur, a-t-il dit à ses apôtres, et je
donne ma vie pour mes brebis. Elles me connaissent, et
je les connais; je les aime, et elles m'aiment; je ne les
quitte jamais, je veille sur elles jour et nuit. »

— Que penses-tu de cette dernière histoire, Casper?
Qui est ce bon pasteur?

Casper hésita un moment...

— C'est Jésus-Christ, je suppose...

— Quelle espèce de troupeau a-t-il ?

— Des hommes, n'est-ce pas ? s'écria Ruth.

— Oui, mes enfants; nous faisons tous partie de ce troupeau bien-aimé, toi aussi, mon petit Casper. Voudrais-tu imiter cet agneau indocile, dont nous parlions tout-à-l'heure ?

— Oh! non.

— Alors, obéiras-tu à ce pasteur si bon ?

— J'essaierai, dit Casper bien tristement, car il pensait à ces paroles : « Honore ton père et ta mère », et il savait à quoi cela l'engageait.

— Dieu te bénira, mon enfant, dit madame Cheerful ; si tu es obéissant, le bon pasteur prendra soin de son petit agneau ; ouvre-lui ton cœur, il te consolera.

Casper avait bien du chagrin.

Il comprenait qu'il fallait se soumettre... se séparer de Ruth peut-être pour bien long-temps. Il n'eut pas le courage de dire adieu, et se sauva tout en courant.

## XII

Ce soir-là, Casper était si fatigué, si abattu, qu'il s'endormit profondément, et ne s'éveilla que lorsque le soleil brillait depuis long-temps à travers la fenêtre poussiéreuse de sa demeure. Il s'assit sur son lit, et promena ses regards autour de lui ; il n'y avait personne.

Sur la table du déjeûner étaient des restes de pain et de viande, des assiettes dont on s'était servi récemment ; les mouches bourdonnaient sur les vîtres, se prenaient dans les toiles d'araignées nouvellement filées ;

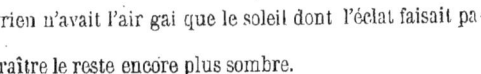

rien n'avait l'air gai que le soleil dont l'éclat faisait paraître le reste encore plus sombre.

Casper se frotta les yeux, assez mécontent, puis il se recoucha, se releva, regarda encore autour de lui, et enfin se jeta à bas de son lit et s'habilla. Sa toilette fut promptement terminée; son déjeûner aussi, car il n'était pas somptueux.

Les restes de viande n'étant réellement que des os, le pauvre Casper ne mangea que du pain sec; ensuite il alla à la fenêtre guetter les mouches et leurs ennemies les araignées. Il ne lui vint pas à l'idée de ranger les chaises ni de débarrasser la table; oh! non... pourtant ce n'était pas bien amusant d'être là à rien faire à la fenêtre, aussi bâilla-t-il plusieurs fois de sommeil et d'ennui.

La porte s'ouvrit et se referma; mais, comme ce devait être madame Clamp qui seule pouvait venir à cette heure, il ne se retourna même pas; cependant au lieu du cliquetis des assiettes auquel il s'attendait, il entendi un pas ferme et sonore, et tournant la tête, il vit, à sa grande surprise, M. Broadaxe.

— Eh bien ! dit le bûcheron, il paraît que tu es le maître de la maison, ce matin. Voici l'occasion de faire ce que tu veux.

— Pas du tout, dit Casper, je ne puis rien faire de ce qui me plaît.

— Cela signifie, au moins, que rien de ce que tu peux faire ne te plaît. Mais qu'as-tu donc ? voyons, regarde-moi... est-ce que le puits est à sec ?

— Non, dit Casper, en rougissant beaucoup.

Il ne s'était pas lavé la figure depuis la veille, et ses mains étaient fort noires.

— Voici toujours une chose à laquelle tu peux remédier, dit le bûcheron. Ton père te permet d'aller au puits, n'est-ce pas ?

Casper répondit oui d'un air confus.

— Eh bien! alors, si tu veux aller chercher une potée

d'eau fraîche, et en faire bon usage, tu te sentiras beaucoup mieux.

Casper ne se le fit pas répéter deux fois. Il courut et revint, tout ravi d'avoir la figure propre.

— A la bonne heure... tu ressembles à ce petit garçon que j'ai vu souvent dans la forêt. Comment se fait-il que tu y venais toujours si propre?

— Ruth y était, répondit Casper.

— Oh! Ruth y était! sans doute... supposons que Ruth soit venue avec moi ce matin; supposons encore, qu'à mon retour, elle me demande comment je t'ai trouvé...

— Vous ne le lui direz pas, M. Broadaxe, s'écria l'enfant d'un air suppliant.

— Je n'en ai pas l'intention... mais, voyons, il y a encore quelque chose que tu as oublié... devines-tu ce que c'est?

Casper ne s'en donna pas la peine. Il garda le silence.

— Que crois-tu que Ruth fait le matin avant de déjeuner?

— Sa prière, dit Casper, tout en tremblant.

— Je le pense aussi... Allons! mon ami, mettons-nous à genoux, et demandons au bon Pasteur de prendre soin de ce petit garçon qui a tout l'air de vouloir se mal diriger lui-même.

Ils s'agenouillèrent, et M. Broadaxe demanda avec ferveur la bénédiction de Dieu. Casper se sentit tout soulagé.

— M. Broadaxe, demanda-t-il, qu'est ce qui peut vous faire croire que je veuille me diriger moi-même?

— Puisque tu ne demandes pas au bon Dieu de veiller sur toi.

— Mais pourquoi avez-vous supposé que je n'avais pas fait ma prière?

— Je n'ai jamais entendu dire qu'un enfant disant bien sa prière ne se lavât pas la figure.

—M. Broadaxe, dit Casper, après un moment de silence, est-ce que je reverrai jamais Ruth?

— Si tu la reverras!... mais cent fois, j'espère bien... peut-être pas tout de suite; mais qu'importe! sois sage pendant ce temps-là, et elle sera d'autant plus contente de te revoir.

— Je ne puis pas être sage... Je n'ai rien à faire.

— Eh bien! il faut être sage en ne faisant rien! sage, patient et doux... d'ailleurs dire que tu n'as rien à faire, c'est une erreur.

— Que puis-je donc faire?

— Trouve quelque chose. Moi, si j'étais petit garçon et seul dans une maison, je la rangerais mieux!

— C'est l'ouvrage de madame Clamp!

— Elle ne l'a pas fait, en tout cas, aujourd'hui, et tu pourrais bien lui en éviter la peine!

— Je n'ai pas envie de la lui épargner, dit Casper, en rougissant; elle est méchante, je ne l'aime pas.

Elle est méchante ! raison de plus pour être bon en-
vers elle, les méchants méritent toute notre pitié.

Casper avait l'air un peu honteux.

— Maintenant que je t'ai indiqué quelque chose à faire, ajouta le bûcheron, trouve quelqu'un à aimer.

Casper leva les yeux au ciel, comme si cette dernière
tâche lui paraissait plus difficile encore que l'autre.

— Rends aux autres tous les petits services que tu
pourras, continua M. Broadaxe.

— Cela m'ennuie.

— Ah ! tu n'en as pas fait souvent l'essai ; commence,
tu verras que tu seras plus heureux. Tiens, voici un
paquet de gâteaux que ma femme t'envoie, et Ruth
m'a chargé de te donner ces deux pommes et cet épi de
maïs. Ainsi tu ne mourras pas de faim, jusqu'à l'heure
du souper. Au revoir !...

Et le bon bûcheron s'éloigna rapidement.

— M. Broadaxe ? s'écria Casper.

— Que veux-tu ?

— Reviendrez-vous me voir?

— Probablement, répondit-il en souriant; mais tu n'oublieras plus ce que tu avais oublié ce matin!

— Je ne l'avais pas oublié, dit Casper, qui ne mentait jamais.

— Pourquoi ne l'avais-tu pas fait alors?

— Parce que j'étais de mauvaise humeur!

— Ah! voici la pire de toutes les raisons... Allons! adieu, sois sage... Il partit.

Il faisait un temps magnifique. Casper se trouvait bien malheureux d'être obligé de rester là seul; il pensait à la forêt, à la mousse verte, au clair ruisseau; il aurait bien voulu y être. Qu'allait-il faire pour se désennuyer? Il n'avait nulle envie de ranger; pourtant, sous l'impression des paroles du bon bûcheron, il commença à pousser les chaises contre le mur, les traînant et faisant un tapage affreux. Mais cette manière de s'occuper ne lui réussit pas; il bouscula la première chaise et la seconde sans accident; mais la troisième tomba, et

Casper avec ; il s'écorcha le genou, comme il le méritait.

Il ne pleura pas ; mais il éprouva un mouvement de colère, et il allait s'écrier qu'il ne voulait plus rien faire, lorsque son bon ange lui fit rencontrer du regard les pommes de Ruth. Cela valait bien mieux qu'une remontrance.

La bonne humeur de Casper revint à l'instant, et un peu de honte aussi. Il se remit à placer les chaises avec précaution, porta la vaisselle dans la cuisine, puis il balaya les miettes et s'assit sur le pas de la porte.

Il était content de lui-même.

J'ai bien travaillé, se disait-il, je voudrais bien savoir s'il y a encore quelque chose à faire? Oui, du bois et de l'eau à aller chercher... Et Casper courut au puits rapporta un seau d'eau ; puis il fit la provision du bois nécessaire.

Il avait bien gagné de manger ses gâteaux ; d'ailleurs, c'était l'heure du dîner. Il prit donc ses provisions, et s'assit sur le seuil de la porte, ses trésors à côté de lui, et il commença son repas.

Tout-à-coup un bruit lui fit tourner la tête : c'était le chat qui, sans cérémonie, approchait de beaucoup trop près les gâteaux de Casper. Celui-ci se leva précipitamment, et le chat s'enfuit; mais il revint à la charge, et ce ne fut qu'après une terrible chasse, qu'il sortit enfin.

Casper arriva juste à temps à sa place, car un gros poulet blanc était entré audacieusement, et se permettait de becqueter l'épi de maïs. Alors il courut et cria en poursuivant le voleur, de manière à effaroucher le pauvre animal, qui parvint, avec bien de la peine, à se sauver. Casper tremblait qu'il ne fût arrivé malheur aux pommes ; mais il les retrouva intactes, et il n'aperçut de vivant qu'une toute petite fille, debout à la porte. Il eut des soupçons et compta ses gâteaux ; il ne manquait rien, il continua à dîner.

La petite avança d'un ou deux pas. Casper posa

instinctivement la main sur ses provisions. Elle tendit la main, et dit tout doucement : S'il vous plaît! Casper fut ébranlé : si elle eût agrippé un des gâteaux, il le lui eût arraché des mains sans scrupule; mais elle demandait si poliment, si gentiment; il hésitait. Alors Ruth lui apparut encore; il la vit partageant son déjeûner avec lui.

— S'il vous plaît, rien qu'un, ajouta la petite

Casper lui donna un gâteau. Elle le porta vite à sa bouche, en faisant une révérence aussi petite, aussi drôle qu'elle-même.

— Va, n'en demande plus, dit Casper, va-t-en, entends-tu?

L'enfant le regarda, fit encore une révérence, tourna le coin de la maison, et disparut... Au bout d'une demi-heure, quand Casper eut fini de dîner, il se sentit bien isolé, et regretta la petite visiteuse.

— Je n'ai plus rien à faire, dit-il tristement.

M. Broadaxe veut que je trouve quelqu'un à aimer, mais je suis tout seul !...

Il se dirigea vers le jardin, décidé à caresser le chat, faute de mieux ! Généralement, ce chat et Casper n'étaient pas amis... celui-ci lui tirait la queue, et Minet l'égratignait. Enfin il résolut de faire des avances et des caresses. Vain espoir ! le chat était gravement perché, et n'avait pas pardonné à Casper de l'avoir chassé sans gâteau.

Les oiseaux volaient vers leurs nids en gazouillant ; les sauterelles chantaient dans l'herbe, tout respirait la joie ; Casper seul était triste.

— Si j'avais un ami, un compagnon, se disait-il.

Il s'assit au pied d'un grand arbre et repassa dans sa mémoire les heureux jours passés auprès de Ruth ; ce qu'elle lui avait appris, les conversations de M. Broadaxe et de madame Cheerful.

— Que les moutons sont heureux broutant l'herbe de la colline, sous les yeux du berger ! pensait-il. Comme ils doivent aimer leur pasteur !... Et moi, pourquoi n'aimerais-je pas ce grand pasteur dont m'a parlé madame Cheerful et qui est si bon pour son troupeau ? Que ferai-je donc pour devenir meilleur ?

Il lui sembla entendre la douce voix de Ruth lui répondre :

— Aime le bon Dieu, et prie-le !

J'essaierai, dit-il. J'obéirai à papa, je ne sortirai pas, et peut-être, la semaine prochaine, me permettra-t-il d'aller dans la forêt voir Ruth. Oh ! alors que je serai heureux !

Tout en prenant ces bonnes résolutions. Casper s'endormit.

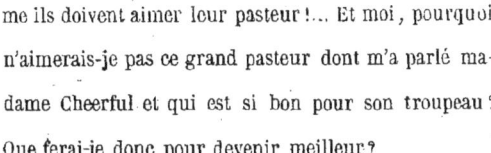

# XIII

Casper fut trois semaines sans voir Ruth ; elle ne pouvait venir seule au village, et, lui, n'avait toujours pas la permission d'en sortir. Bien des fois il fallait perdre patience ; mais il fit sa prière si exactement que le bon Dieu le protégea. Il commençait à devenir plus doux, plus soumis ; madame Clamp, elle-même, s'en apercevait, et était un peu moins désagréable.

Cependant le pauvre enfant s'ennuyait bien de vivre ainsi seul ; la société des enfants d'un village ne lui plaisait plus.

Les bons sujets allaient à l'école ; et il ne pouvait se résigner à entendre les vilaines choses que disaient les mauvais, de sorte qu'il n'avait personne à aimer.

— Je crois que je n'aimerai jamais personne, M. Broadaxe, dit-il un jour au bûcheron qui était venu le voir, si ce n'est vous, Ruth, madame Cheerful, madame Broadaxe, M. et madame Sickles.

— C'est déjà un bon commencement, dit le bûcheron, six personnes que tu aimes et dont tu es aimé.

L'enfant sourit.

— Vraiment ! six ! dit-il... oui, mais je ne puis les voir.

— Mais tu me vois toujours.

— Vous n'êtes pas souvent là !

— Enfin il faut chercher un moyen d'être moins triste. Tu peux aller dans le village, n'est-ce pas ? ton père te le permet ?

— Certainement.

— Eh bien ! la première fois que tu sortiras, cherche

à te rendre utile à quelqu'un. Le meilleur moyen d'être heureux, c'est de faire le bonheur des autres.

— Comment faire? dit Casper en ouvrant de grands yeux.

— Cherche, mon ami, il y a mille moyens de rendre service, et Dieu a promis de nous récompenser de tout le bien que nous ferons à nos semblables.

— Dieu! que je voudrais être bon et obligeant comme Ruth!

— Où a-t-elle appris à être sage, sais-tu ?

Il ne répondit pas, mais le souvenir de Ruth le fit sourire doucement.

— Prie Dieu, mon enfant, et tu deviendras ce que tu désires être ! Il a dit : Demandez et vous recevrez.

— Je le ferai, je vous le promets.

M. Broadaxe s'éloigna. Casper le suivit des yeux aussi loin que possible. Lorsque son vieil ami eut disparu, il se tourna du côté du village. Que de choses il y avait à regarder !

D'abord le sentier qui conduisait, en serpentant, à l'église, puis les maisons éparses sur le penchant de la colline et dans la vallée. Mais tout était silencieux et désert dans le village, car les hommes travaillaient aux champs, les femmes chez elles, et les enfants étaient à l'école ou jouaient dans la prairie. Rien de vivant n'animait le paysage, excepté toutefois quelques troupeaux d'oies, et quelques chats qui traversaient de temps en temps le chemin.

— Je voudrais savoir, se dit-il, si M. Broadaxe trouverait quelqu'un à aimer ou à rendre heureux en ce moment? Je sais bien que Ruth aimerait les chats, mais moi pas... Je ne puis rien faire pour les oies, elles ont de l'herbe à discrétion !... Tout-à-coup il aperçut un troupeau de moutons ; cela lui rappela les touchantes paroles de madame Cheerful, qui lui avait assuré qu Dieu veille sur nous comme le berger sur ses brebis.

— Comme j'aimerais d'être sage et ne jamais rien faire qui déplût au bon pasteur ! se dit-il.

— O mon Dieu, mon Dieu ! mon pauvre chat ! dit tout-à-coup une petite voix derrière lui.

Il se retourna et aperçut la toute petite fille qui lui avait demandé un gâteau.

— Mon chat ! mon pauvre chat !

— Eh bien ! où est-il ton chat ?

— Dans le puits ! Et la petite fondit en larmes.

— Que veux-tu que j'y fasse ? D'abord je n'aime pas les chats.

Les larmes de la petite fille redoublèrent.

— Mon pauvre Minet ! dit-elle.

Elle avait l'air si malheureux qu'en la regardant, Casper se rappela les conseils de M. Broadaxe.

— Voyons ! conduis-moi au puits où est tombé ton chat, dit-il.

La petite fille se dirigea vers un puits voisin, Casper la suivit.

L'animal était parvenu à retirer sa tête de l'eau, et à s'accrocher aux parois du puits.

Casper résolut de le sauver pour faire plaisir à l'enfant; mais là était la difficulté. S'il avait eu une corde, il la lui aurait jetée, mais il n'en avait pas. Il trouva une ficelle dans sa poche. Il espérait que le chat l'attraperait dans ses crocs, et qu'il le retirerait ainsi de l'eau; malheureusement la ficelle était trop courte.

— Qu'allons-nous faire, petite ? demanda Casper.

L'enfant ne répondit pas, elle avait toute confiance en Casper, et s'en rapportait à lui. Tout-à-coup il vit un seau et un grand bâton à crochet; il les prit et réussit, après bien des efforts, à faire descendre le seau au moyen de ce bâton. Quelle ne fut pas la joie de Casper en apercevant les deux oreilles velues du chat dans le seau qui remontait. Il poussa un cri qui fit bondir Minet vers la petite fille. Elle resta muette de plaisir... Puis, le premier moment de bonheur passé, elle se jeta au coup de Casper et l'embrassa en s'écriant :

— Oh ! que tu es bon ! que je t'aime !

— Je suis bien content que tu m'aimes, mais je ne suis pas bon.

— Oh ! si, dit la petite ; et elle s'en alla, emportant son chat.

— Je voudrais bien l'être, bon, se dit Casper ; mais je n'ai personne pour me dire comment faire. Je ne suis pas comme Ruth...

Il était là, plongé dans ses réflexions, la tête dans les deux mains, si bien qu'il n'entendit ni ne vit quelqu'un qui s'avançait vers lui, à pas légers.

— O Casper ! quel bonheur ! me voici !

Casper releva la tête ; Ruth était devant lui. Il n'en pouvait croire ses yeux ; deux larmes de joie coulèrent le long de ses joues. Ils s'assirent, tout joyeux, l'un à côté de l'autre, ils avaient tant de choses à se dire !

— C'est bien triste, la forêt, depuis que tu n'y es plus, dit Ruth. Je n'y joue pas, je ramasse mon bois, puis je retourne à la maison tout de suite. Figure-toi que les écureuils se sont habitués à leur arbre abattu, et M. Broadaxe pense qu'il faudra les chasser pour couper les branches.

— Et Chip, comment va-t-il ?

— Très-bien... il aboie toujours et court après moi pour jouer comme d'ordinaire... Maman a bien envie de te voir, va, Casper.

— Vraiment ?

— Elle prie pour toi tous les jours, et peut-être te permettra-t-on bientôt de venir chez nous.

— Je ne sais pas. Ne parlons pas de ça.

— Que fais-tu toute la journée ? sais-tu coudre ?

— Coudre ?... mais non... oh ! je ne fais pas grand chose... je m'ennuie beaucoup ; mais aujourd'hui le temps a passé plus vite que de coutume. Et il raconta l'histoire du chat.

— Oh ! tu as bien fait ! dit la bonne Ruth. Si nous nous promenions un peu dans le village, puisque ton père ne le défend pas... M. Broadaxe est chez le maré

chal, nous irons le rejoindre ; c'est lui qui m'a amenée.
Il m'a dit que tu serais tout seul à cette heure-ci.

Casper et Ruth se mirent joyeusement en route ; ils
pouvaient à peine parler. Ruth rompit la première le
silence.

— Casper, dit-elle, je n'aime guère ton village.

— Ni moi non plus.

— Y a-t-il de bonnes gens ?

— Je n'en sais rien... il n'y en a toujours pas du côté
de chez nous... Le maréchal, lui, est un assez brave
homme, il m'a donné un vieux cerceau de fer l'autre
jour ; mais un garçon me l'a cassé.

— Pourquoi ça ?

— Parce qu'il avait roulé contre lui. C'était un grand
garçon... Oh ! si j'avais été le plus fort, il n'aurait pas
osé... ou je l'en aurais fait repentir.

— Je suis bien aise alors que tu ne sois pas fort !

— Il l'aurait bien mérité... il n'avait qu'à ne pas
casser mon cerceau. Si j'étais assez grand, je le battrais.

— Oh! non, je t'en prie... rappelle-toi que notre Seigneur, ayant prié pour ceux qui l'ont fait mourir, ne peut aimer les enfants qui se querellent et se battent... Où demeure le maréchal?

— Là-bas, près de l'étang, où tu vois ces canards.

Les enfants y arrivèrent bientôt, tout en courant.

— Quel bonheur! dit Ruth, M. Broadaxe y est encore; je vois son cheval.

— M. Sickles aussi, s'écria Casper, je reconnais son chariot. Ils entrèrent.

— Tiens, d'où viennent donc ces enfants-là? dit M. Broadaxe, en riant.

M. Sickles releva la tête et sourit. Lorsqu'il eut fini d'atteler ses chevaux, il s'approcha de Casper. Pourquoi n'es-tu jamais revenu nous voir? lui dit-il.

— Mon père me défend de sortir du village, répondit tristement le petit garçon.

— Hein! dit M. Sickles.

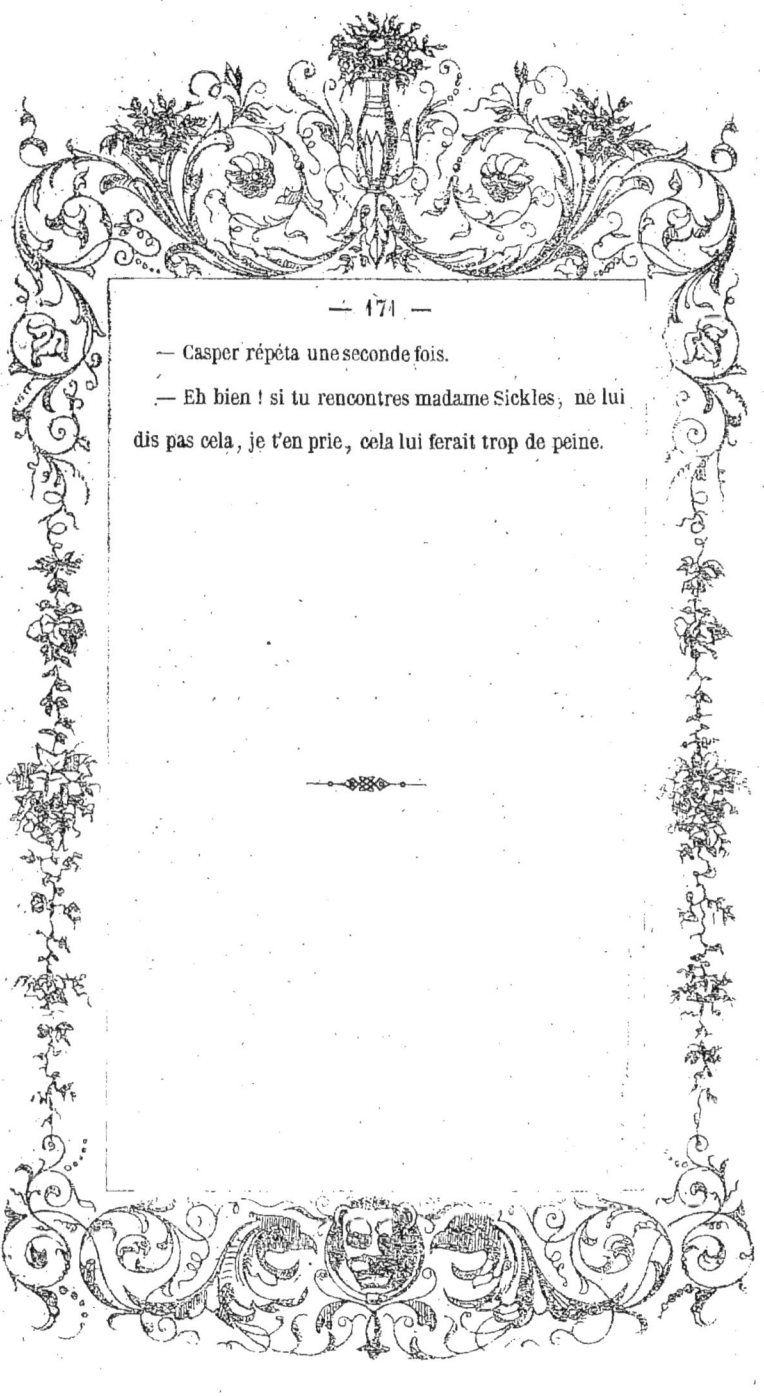

— Casper répéta une seconde fois.

— Eh bien ! si tu rencontres madame Sickles, ne lui dis pas cela, je t'en prie, cela lui ferait trop de peine.

C'est a vous que je dois de connaitre le bon Dieu.

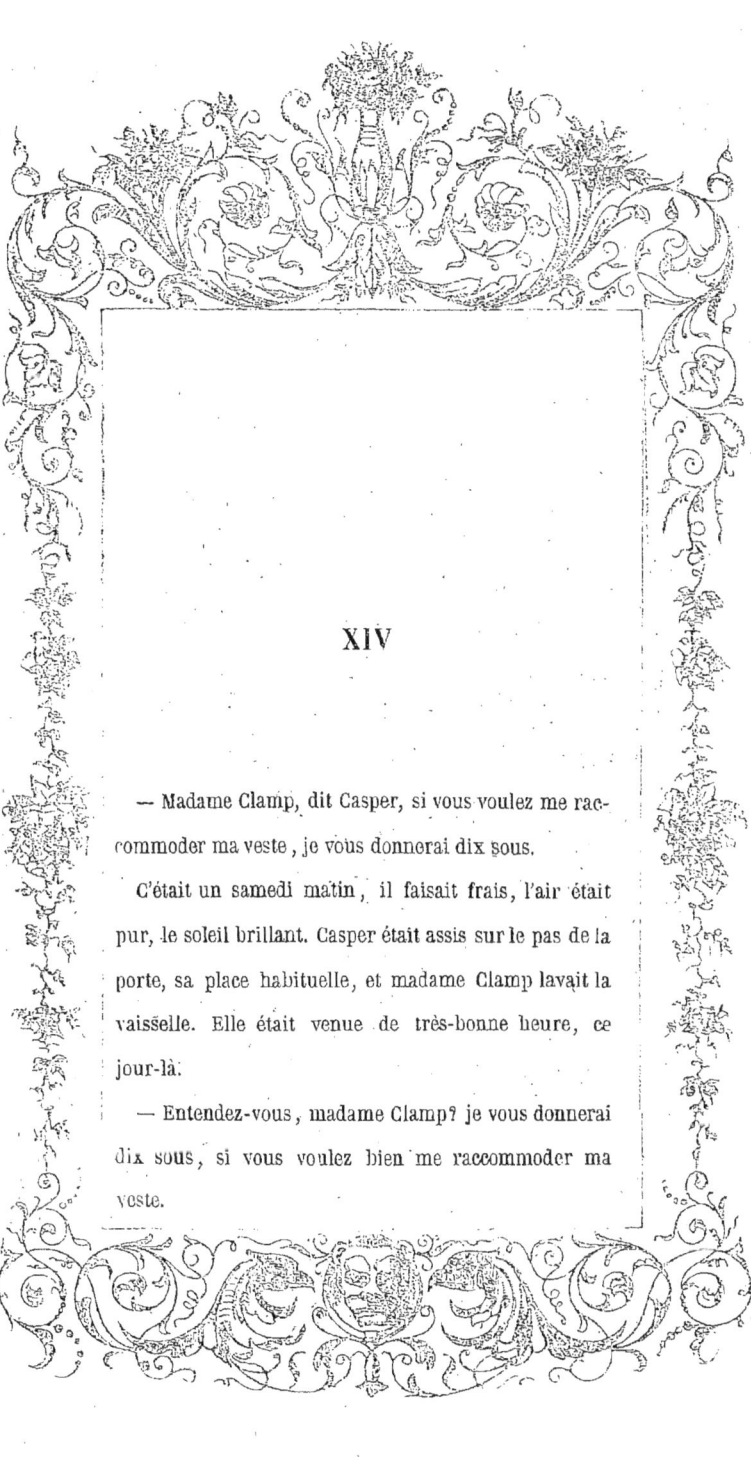

## XIV

— Madame Clamp, dit Casper, si vous voulez me raccommoder ma veste, je vous donnerai dix sous.

C'était un samedi matin, il faisait frais, l'air était
pur, le soleil brillant. Casper était assis sur le pas de la
porte, sa place habituelle, et madame Clamp lavait la
vaisselle. Elle était venue de très-bonne heure, ce
jour-là.

— Entendez-vous, madame Clamp? je vous donnerai
dix sous, si vous voulez bien me raccommoder ma
veste.

— Et que me donneras-tu pour te trouver d'abord la pièce de 10 sous?

— Rien... je la trouverai tout seul, dans ma poche.

— Eh bien trouve-la, et nous verrons, dit madame Clamp, continuant ce qu'elle faisait.

— La voici! dit Casper, tirant la pièce de monnaie de sa poche, et la lui montrant.

« Regardez, jamais vous n'en avez vu de plus belle; je n'ai pas du tout envie de vous la donner, pourtant si vous réparez ma veste, ce sera pour vous.

— Qu'a-t-elle ta veste?

— Il manque quatre boutons, les coudes sont percés, et il y a une déchirure dans le dos. Ce n'est pas très-beau à voir.

Te voici devenu tout-à-coup bien difficile : je ne savais pas que ta veste eût jamais eu des coudes !

Ainsi vous ne voulez pas me l'arranger ?...

— Pourquoi faire? Elle est assez bien comme ça!

— Pas du tout! s'écria très-vivement Casper, rouge

d'impatience ; puis il s'arrêta tout court, et s'assit silencieux une minute.

— Madame Clamp, dit-il alors bien poliment, si vous
voulez avoir la bonté de me la raccommoder, je vous
donnerai mes dix sous, c'est tout ce que je possède.

— C'est bien... répondit madame Clamp tout en es-
suyant la table, mais ne t'imagine pas que je vais rester
ici pour le faire, apporte ta veste chez moi, cet après-
midi, et je verrai.

Elle partit.

L'après-midi était à peine commencée que Casper
frappait à la porte de madame Clamp, sa veste à la main.
Pour ne pas perdre une minute, il avait jugé à propos de
la retirer chez lui ; avant de partir ; heureusement madame Clamp était d'assez bonne humeur, son nourrisson
dormait ; elle dit à Casper de le bercer et se mit à l'ouvrage.

— Tu vas probablement courir à la forêt, dès que
j'aurai fini, dit-elle, en tirant l'aiguille.

— Il n'y a pas de danger, repartit Casper, papa me l'a défendu.

— Avec ça que tu es si obéissant !

Casper se sentait en colère, et se mordait la langue pour ne pas parler ; mais quand il leva les yeux, il s'écria d'une voix désespérée :

— O madame Clamp ! vous mettez des coudes bleus à ma veste !

— Bleus ou verts, qu'importe ?

— Mais ils ne doivent être ni bleus ni verts, c'est noirs qu'il les faut !

— Je n'ai pas de drap noir... tant pis... Et elle continua à coudre.

— Eh bien ! n'y faites rien du tout : je l'aime mieux comme elle était.

— Il fallait s'en contenter alors... Je ne puis pas ôter les pièces... Si tu n'aimes pas les coudes bleus, j'en mettrai de jaunes par dessus. Ce sera peut-être plus à ton goût.

Casper ne répliqua pas, il reprit son poste près du berceau, et chaque fois que les larmes lui venaient aux yeux, il les essuyait, de peur que madame Clamp ne les vît, et n'exécutât sa menace de mettre des coudes jaunes à sa veste. Quand enfin elle lui dit que c'était fini et qu'il pouvait partir, il ne proféra pas une parole, tira ses dix sous, les lui donna, prit sa veste et courut chez lui.

Là il soulagea son cœur en fondant en larmes. Hélas! il regardait avec douleur son malheureux vêtement qui lui paraissait pire que jamais; lui qui l'avait voulu bien beau pour une certaine occasion. Il voulait aller à la messe. Ruth l'en avait souvent prié, et il n'avait jamais cédé; mais enfin le désir lui en était venu, c'était cruel de renoncer à ce projet. Quand il eut bien pleuré et bien réfléchi, il conclut que ses manches de chemise étant propres, il mettrait sa veste sur son bras, et irait à l'église en costume d'été. Cette résolution prise, il se coucha tout-à-fait réconcilié avec sa toilette du lendemain, et se promettant de se réveiller avec le premier rayon du soleil. Mais ce premier rayon ne se montra pas.

Quand Casper s'éveilla, il pleuvait à verse. Les poulets qui perchaient sur les arbres étaient ruisselants d'eau, et avaient l'air fort à plaindre ; les chats mettaient le nez à la fenêtre et rentraient bien vite, en sentant la pluie ; les canards seuls étaient dans leur élément, car plus il fait de boue, plus ils aiment à barbotter.

Quant aux habitants du village, le temps sombre les retenait au lit ; beaucoup avaient entr'ouvert les yeux, et s'étaient rendormis en voyant l'averse. Le père de Casper était de ce nombre.

Casper ne voulait pas croire qu'il plût, il cherchait à se persuader qu'il avait rêvé du mauvais temps, mais le bruit de la pluie lui ôta bientôt toute illusion. Il se leva doucement et alla à la fenêtre, il y resta consterné, regardant les nuages... quelques larmes s'échappèrent de ses yeux. Certes il ne craignait pas d'être mouillé... mais son costume projeté n'était possible que par le beau

temps... puis, s'il faisait par trop mauvais, Ruth n'irait
pas à l'église ; alors que ferait-il ?

Décidément, il fallait se résigner à rester à la maison,
et attendre une longue semaine que le dimanche suivant
arrivât. A cette pensée, les larmes de Casper redoublèrent. A quoi bon être sage, puisque Dieu ne l'en ré-
compensait pas ? Autant valait être paresseux et déso-
béissant, comme il l'avait toujours été. A peine avait-il
fait cette réflexion, qu'il en fut honteux. Il se souvint
que Ruth lui avait dit que nous ne devons jamais nous
plaindre de ce que Dieu fait. Alors, se dit-il, puisque
c'est Dieu qui m'empêche d'aller à la messe, il faut que
je sois patient, et que je me comporte bien. Il quitta la
fenêtre, et essuya ses pleurs : il était résigné.

Il lui fallut bien de la patience au pauvre enfant ;
son père ne sortit pas ; il s'assit au coin du feu en se
levant, et ne bougea qu'à l'heure du déjeuner. Ce fut
Casper qui alla chercher tout ce qui était nécessaire : de
l'eau au puits, du bois à la cour. Le bois était mouillé,

la cour pleine de boue, et la pluie tombait par torrents. L'enfant rentrait-il chargé de bois et tout trempé, son père lui demandait de l'eau fraîche, des copeaux pour le feu ; si Casper, croyant sa tâche terminée, s'asseyait un instant, il fallait qu'il se dérangeât pour fermer la porte, puis qu'il allât chercher madame Clamp, qui n'arrivait pas. Par bonheur pour lui, après déjeûner son père se coucha, et Casper put s'asseoir tranquillement près d'un bon feu qui sécha promptement ses vêtements.

Chose bien étonnante ! cette matinée, réellement si pénible, ne lui avait pas paru trop désagréable ; l'ouvrage lui avait semblé plus facile que de coutume ; la pluie et la fatigue ne l'avaient pas mis de mauvaise humeur. Il n'avait pas répondu un seul mot aux observations peu encourageantes de son père. Il n'y comprenait rien lui-même ; mais c'est que Casper avait bien prié Dieu ce jour-là ; il lui avait demandé la grâce d'être docile et patient, et le bon pasteur avait exaucé son petit enfant.

Insensiblement ses paupières s'appesantirent ; il s'endormit, et ne rêva même pas du bonheur qui l'attendait au réveil. Le vent avait changé ; le ciel était bleu et serein, le soleil brillait ; bientôt le gazon, les maisons et les chemins furent secs. La girouette du clocher étincelait au soleil, et les oiseaux voltigeaient autour, en chantant. Casper ne s'éveilla qu'au second coup de Vêpres, et aperçut alors le changement survenu dans le temps. Il se leva d'un bond, et courut à la fenêtre s'assurer de son bonheur. Il pouvait, en se dépêchant beaucoup, arriver à l'église avant Ruth, mais que dirait son père ? Il alla regarder dans sa chambre, il n'y était plus.

Cette fois, Dieu me protége, pensa-t-il.

Il prit sa veste sur son bras, et partit en courant. Lorsqu'il arriva à la porte de l'église, il n'y eut encore personne. Il eut le plaisir de voir arriver les autres : d'abord le vieux bedeau qui venait allumer les cierges, puis une femme, un homme et deux petites filles. Ce n'était pas Ruth ; il l'aurait reconnue , et, elle aurait été bien heureuse de le voir, tandis que ces petites filles-là l'avaient montré du doigt en riant.

Casper supporta d'abord cela assez patiemment , mais bientôt , voyant tous les enfants qui passaient en faire autant , il commença à se sentir mal à l'aise , et apercevant toute l'école chrétienne qui montait la colline , il alla se cacher derrière une tombe.

Cette école était justement celle de Ruth. Les petites filles marchaient deux à deux ; les unes parlaient et riaient ; les autres chantaient tout bas le cantique qu'elles venaient d'apprendre.

Ruth marchait la dernière , lisant attentivement une prière sur une image qu'on venait de lui donner. Casper laissa passer toutes les autres , de peur qu'elles ne se moquassent de lui ; puis, quand vint sa petite amie, il l'appela tout doucement.

Elle s'arrêta, étonnnée. Me voici , dit Casper, derrière la pierre du tombeau.

— O Casper ! s'écria-t-elle, et elle s'élança dans l'herbe mouillée et le pressa dans ses bras. Que je suis contente ! Mais pourquoi es-tu resté ici ? est-ce que tu m'attendais ?

" Veux-tu venir te placer à côté de moi ?

— Non.

— Pourquoi pas ? n'es-tu pas venu pour entendre les vêpres ?

— Oui, mais je n'irai pas ; on s'est moqué de moi... je sais bien que je suis mal mis.

Ruth avait l'air désolé.

— Qui s'est moqué de toi, Casper ? n'y fais pas attention... nous sommes pauvres, mais qu'importe au bon Dieu... viens vite, nous serions en retard... mais pourquoi ne mets-tu pas ta veste ? tu vas t'enrhumer.

— Il n'y a pas de danger..... D'ailleurs ma veste est trop ridicule ; elle a des coudes bleus.

— Des coudes bleus !... Comment ?

— Oui, il y avait des trous ; j'ai prié madame Clamp

de les raccommoder, et elle a mis des morceaux bleus. Ce n'est pas ça qui a fait rire de moi, on ne les a pas vus ; mais si on les voyait !...

— A ta place, je mettrais tout de même ma veste, et j'entrerais dans l'église, sans m'occuper du reste. Certainement des pièces noires seraient mieux, mais tout est préférable à des trous.

— Tu seras honteuse de moi, si j'entre.

— Par exemple !... J'ai déjà mis une robe bleue avec une pièce noire ; je t'assure que tu as eu bien raison de faire arranger ta veste.

Casper se laissa conduire dans l'église par son amie, et avec sa veste encore. A la porte, elle lui dit tout bas : « Ote ta casquette, Casper, comme les autres garçons, et ne regarde personne. » Casper suivit ces conseils, de sorte que si quelqu'un se moqua de lui, il n'en sut rien. Il ne vit que Ruth qui marcha avec précaution jusqu'à son banc, ayant l'air aussi fier que si elle eût conduit un prince.

Ils s'assirent ; l'office commença.

Casper oublia tout ; il écoutait et regardait avec bonheur et intérêt.

— Casper, lui dit Ruth en sortant, tu viendras à la Messe dimanche prochain, c'est bien plus beau encore que les Vêpres ; et puis, tu sais, le bon Dieu ne permet pas qu'on y manque.

— Oui, répondit-il, je tâcherai ; c'est le mauvais temps qui m'a empêché d'y venir ce matin. Restons un peu ensemble... Tiens, regarde comme le coucher du soleil est beau ! Allons nous asseoir là-bas, sous les arbres du cimetière.

Ils se dirigèrent derrière l'église, et s'assirent à l'ombre sur le gazon. Les arbres se balançaient au-dessus de leurs têtes, et les oiseaux chantaient dans le feuillage.

— Que c'est joli ici ! dit Ruth.

— Oui, dit Casper... Il ajouta : C'est là qu'est ma mère !.. là derrière les arbres !... Oh ! pourquoi n'est-elle plus au village avec moi ?

Ruth détourna la tête, et de grosses larmes coulèrent sur ses joues.

— Papa n'est pas ici, lui dit-elle au bout de quelques instants !... Il est bien loin !... Je ne me le rappelle pas du tout ; mais maman m'a promis que je le
verrais dans le ciel si je suis bien sage.

— Alors tu le verras bien sûr, car tu l'es toujours.

— Oh ! non, pas toujours !... Tiens, Casper, voici
une belle image avec une prière. Je te la donne, em-
porte-la, tu la liras.

— Mais, et toi ?

— Moi, je la sais presque ; et puis tu me la prêteras.
N'est-ce pas qu'elle est belle ?

Casper ne savait que dire pour la remercier, mais
ses yeux brillaient de plaisir et de reconnaissance.

Les deux enfants se levèrent, et descendirent doucement la colline, en se tenant par la main.

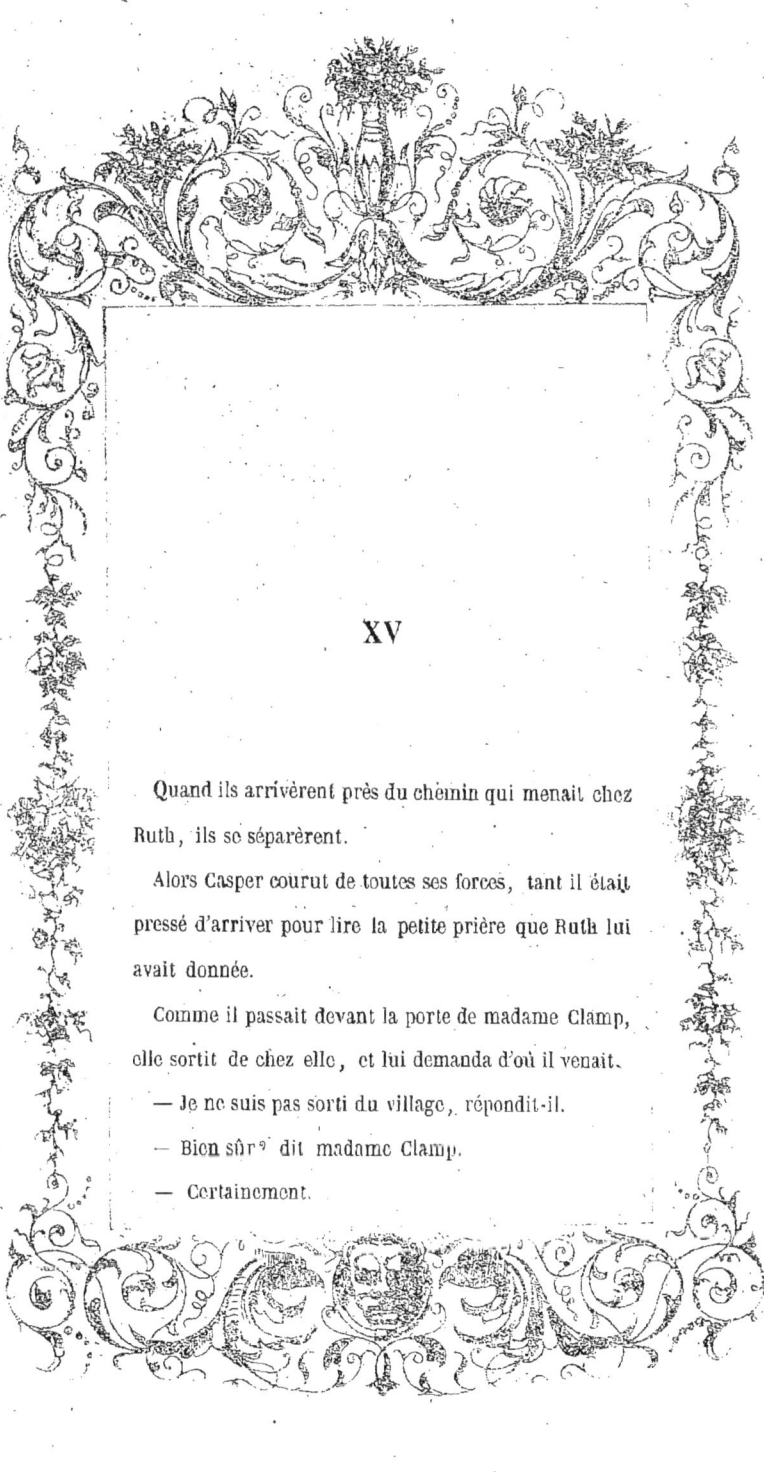

# XV

Quand ils arrivèrent près du chemin qui menait chez Ruth, ils se séparèrent.

Alors Casper courut de toutes ses forces, tant il était pressé d'arriver pour lire la petite prière que Ruth lui avait donnée.

Comme il passait devant la porte de madame Clamp, elle sortit de chez elle, et lui demanda d'où il venait.

— Je ne suis pas sorti du village, répondit-il.

— Bien sûr? dit madame Clamp.

— Certainement.

— As-tu rencontré ma vache sur ton chemin ?

— Je n'ai pas vu de vache, moi.

— Comment, tu ne l'as pas aperçue, toi qui as toujours le nez à la fenêtre ?

— Je n'ai pas regardé par la fenêtre aujourd'hui.

— Ainsi tu n'as pas vu ma vache ?

— Mais, non.

— Il est vrai que tu ne mens jamais... Mais que vais-je faire ? Voilà la vache perdue, mon nourrisson qui crie dans son berceau, et je n'ai pas de lait à lui donner.

Casper sentait bien ce qu'il devait faire ; mais il ne pouvait se résoudre ni à obliger cette méchante madame Clamp, ni à renoncer au plaisir de lire la prière de son image.

Il s'achemina vers sa demeure ; mais bientôt tous les bons conseils qu'il avait reçus lui revinrent à l'esprit ; le désir de ressembler à la bonne petite Ruth l'emporta, et il partit à la recherche de la vache.

Elle était bien facile à reconnaître, car elle avait le

dos gris, les oreilles blanches et la queue noire ; elle avait une corne de travers, l'autre cassée. Cette vache n'avait pas la réputation d'avoir un bon caractère ; en cela, Casper trouvait qu'elle ressemblait à sa maîtresse.

Il se dirigea vers les champs de la commune ; mais ils étaient fort grands, il y avait bien des sentiers à parcourir, et bien des buissons où l'animal pouvait être caché. Aussi ne fut-ce pas sans peine que l'enfant parvint à le découvrir. Il commençait même à se décourager, ne l'ayant point trouvée dans les pâturages avec les autres vaches, lorsqu'il crut l'apercevoir tout au bout d'une prairie.

Il y courut bien vite, pour s'en assurer ; en effet, c'était bien la vache de madame Clamp, couchée fort à son aise sur l'herbe...

Elle ne paraissait nullement disposée à se déranger ; aussi fut-il assez difficile de la faire lever ; quand elle fut enfin debout, elle resta immobile, agitant sa queue à droite et à gauche, comme si elle n'avait plus rien à faire et qu'on ne pût rien exiger d'elle. Alors Casper prit une baguette et lui en donna de petits coups ; pour toute réponse, l'animal lui lança sa queue dans la figure, mais ne bougea pas. Enfin il cria si fort, et redoubla tellement ses coups, que la vache indocile, pour fuir ses persécutions, se sauva au grand galop dans la direction de la maison de sa maîtresse.

Casper la suivit, mais il était bien fatigué et quand il fut certain que la vache était rentrée, il ralentit sa course. Il était tout absorbé par la crainte qu'il ne fît plus assez clair pour lire quand il arriverait, ou bien que son père ne l'en empêchât, et tout cela à cause de madame Clamp ! se disait-il. Il savait bien ce que Ruth lui aurait dit : " N'importe, Casper, pourvu que nous nous conduisions bien ; et plus nous aurons de mérite, plus Dieu nous récompensera. " Lorsqu'il passa devant la maison de madame Clamp, elle en sortait justement, son seau à la main pour traire sa vache

— Qui me l'a ramenée ? dit-elle.

— C'est moi, répondit Casper.

— Toi ? et à propos de quoi ?

— J'ai voulu vous la retrouver.

— Vraiment ? deviendrais-tu obligeant par hasard ?

— Je ne crois pas pourtant ... je voudrais bien l'être !...

Et il continua son chemin, bien content d'avoir ramené la vache, quoiqu'il n'eût même pas été remercié.

Lorsqu'il arriva chez lui, son père y était. C'était bien ennuyeux ! il allait sans doute falloir aller chercher de l'eau et allumer du feu. Cependant il entra tout doucement, se plaça près de la fenêtre pour mieux voir, tira son image de sa poche et commença à lire à la dérobée, s'attendant à chaque instant à être appelé, et regardant son père à chaque mot. Puis le voyant immobile, il l'oublia bientôt et lut plusieurs fois de suite la jolie petite prière que voici :

Venez, petits enfants, écoutez ! c'est Jésus

Qui parle et vous instruit de sa voix tendre et douce ;

Il vous aime et voudrait vous donner les vertus

Dont il est le modèle , et sa grâce la source.

Pour vous mener au ciel, sa mort vous a rouvert

Un chemin que fermait la faute originelle ;

Que vous devez l'aimer ! car il a bien souffert

Pour vous faire jouir d'une gloire éternelle !

Mais avant d'arriver au céleste séjour,

Implorez, ici-bas, son appui tutélaire,

Pour qu'il daigne sur vous veiller, et chaque jour, .

Adoucir vos chagrins, vos besoins satisfaire.

Sous la protection d'un aussi bon pasteur,

Innocentes brebis , vivez en assurance,

Et sans troubles aucuns, nourrissez votre cœur

De tendre charité, de foi et d'espérance.


Casper aurait bien voulu l'apprendre par cœur ; mais il ne voyait plus assez clair ; il ranima le feu et s'assit tout près, espérant lire à la lueur des flammes ; il fallut y renoncer, car elles vacillaient sans cesse.

Il n'était pas à son aise ; il était pâle, se sentait triste et fatigué.

— Casper, dit son père qui s'avançait vers la cheminée, où as-tu connu M. Sickles ?

— Je l'ai rencontré un jour en revenant du moulin, répondit l'enfant, il m'a invité à aller le voir, et j'y ai été.

— Je pars demain, continua son père, pour chercher de l'ouvrage dans un village voisin. Si je trouve ce que je veux, je reviendrai te prendre, ainsi que les meubles. En mon absence, tu ne sortiras pas du village ; à moins que M. Sickles ne vienne ; alors fais ce qu'il te dira, et ne le questionne pas. Madame Clamp préparera les repas, comme d'habitude. A ces mots, il sortit.

Cette nouvelle était bien triste pour Casper ; s'éloigner de tous ses amis, c'était pour lui le comble du malheur. Il se consola en espérant que son père ne trouverait pas d'ouvrage ailleurs.

Il chercha dans le buffet après son souper ; il ne trouva que quelques croûtes de pain sec ; elles étaient si mauvaises qu'il ne put les manger. Il n'avait, du reste, pas faim ; il avait froid ; il s'agenouilla près du feu, dit sa prière et se coucha.

Le lendemain, il se réveilla très-tard ; il était tout malade ; il avait le frisson et mal à la tête. Le temps était magnifique, le soleil brillait ; pourtant Casper ne pouvait se décider à se lever.

Ce que son père lui avait dit la veille lui revint à l'esprit. En effet, celui-ci était parti ; ainsi que le prouvaient la table couverte des restes du déjeuner et le feu brûlant encore dans l'âtre. La porte était restée entr'ouverte. Casper pensa que c'était là ce qui lui faisait si froid ; il la ferma, et revint tout grelottant chercher à se réchauffer au-dessus des braises rouges. Madame Clamp vint, comme de coutume, ranger la vaisselle, et voulut le faire déjeûner en toute hâte, elle était fort pressée.

Du reste, peu importait à Casper, qui n'avait pas d'appétit. Il s'assit, tout tremblant, au coin du feu, ne faisant aucune attention à la mauvaise humeur plus qu'habituelle de madame Clamp.

Quand il fut seul, Casper fut pris d'une grande tristesse et se mit à pleurer. Il ne pouvait regretter son père qu'il voyait si rarement, mais il pensait à ses amis de la forêt ; il aurait tant aimé les avoir auprès de lui pour le consoler. S'il allait les voir ? Pourquoi pas ? Il ne redoutait point les reproches de son père... Qu'est-ce qui le retenait ? vingt fois, il se fit cette question, et vingt fois aussi, il fut prêt à partir. Alors il se rappelait les paroles de madame Cheerful : Veux-tu désobéir à Dieu ? Et il restait.

Vers le milieu de la journée, on frappa doucement à la porte. Entrez, dit-il.

— Est-ce ici que demeure un petit garçon nommé Casper ? demanda une voix que l'enfant reconnut aussitôt.

C'était madame Broadaxe.

— Oh! que je suis content de vous voir! s'écria Casper. Je suis tout seul, mon père est parti... Mais n'est-ce pas qu'il fait bien froid ici?

— Froid!... Mais pas dutout, au contraire : voyons tes mains... Ah! qu'elles sont froides!

— Oui... Je n'ai pas pu me réchauffer de la journée.

— Pauvre petit, tu es donc malade? Elle s'assit près du feu et le prit sur ses genoux.

— Qu'as-tu? dit-elle avec tendresse.

— Rien du tout à présent. Je souffrais beaucoup tout-à-l'heure; mais je vais bien maintenant que vous êtes là.

La bonne madame Broadaxe frottait les mains de l'enfant dans les siennes et le caressait; bientôt il ferma les yeux et s'endormit. Quand son sommeil fut bien profond, madame Broadaxe le déshabilla doucement et le coucha. Elle s'assit à son chevet, le regardant avec inquiétude, car il était agité, et ses joues empourprées annonçaient qu'il avait la fièvre. Evidemment Casper allait faire une maladie.

# XVI

Si je voulais raconter ce qui se passa pendant les deux semaines suivantes, il ne serait question que de madame Broadaxe et de sa bonté. Casper fut très-malade, assez malade même pour ne se rendre compte de rien.

Madame Broadaxe ne le quitta pas d'un instant, elle le veilla jour et nuit, lui préparant elle-même de la tisane, du gruau et tout ce qui était nécessaire. Le bon M. Broadaxe apportait des provisions de chez lui.

. Le premier jour que Casper put quitter son lit fut une véritable fête. La bonne garde malade le prit bien enveloppé dans un grand châle sur ses genoux. Il se trouvait si heureux qu'il levait souvent les yeux sur sa bienfaitrice pour la remercier. Peu après arriva M. Broadaxe avec un perdreau pour le dîner de Casper ; Chip s'élança sur lui en lui léchant les mains ; puis la petite Ruth entra sur la pointe des pieds , tenant un bouquet de fleurs des champs. Elle fut ravie de le voir presque guéri ; elle ne se lassait pas de le regarder.

— A peine s'aperçoit-on qu'il a été malade , dit-elle, il est un peu pâli , voilà tout.

— Et bien maigri , répondit madame Broadaxe.

— Oui, il est plus maigre , c'est vrai... A-t-il un peu de force ?

— Assez pour tenir son bouquet, dit madame Broadaxe , mais il n'en porterait pas davantage.

— Oh! si, dit Casper, mais madame Broadaxe ne veut pas me laisser essayer. J'ai très-bien marché ce matin de mon lit à la cheminée.

— Oh! c'est beaucoup! s'écria Ruth ; combien de fois

faudrait-il faire ce chemin-là pour avoir fait autant que d'ici à la forêt?

— Bien des fois, dit Casper en riant.

Ruth se leva alors pour partir ; mais le petit malade la pria avec tant d'instance de dîner avec lui, qu'elle y consentit.

Le couvert mis, le festin commença.

Lorsqu'il fut terminé, Ruth s'en alla.

Casper ne comprenait pas que chacun fût aussi bon pour lui. Madame Cheerful me dirait que c'est Dieu qui me protége, pensait-il, et, tout en réfléchissant à son bonheur, il sentit le sommeil alourdir sa paupière.

La journée était avancée ; les rayons du soleil coloraient encore un peu la fenêtre (ce n'était plus la sâle fenêtre d'autrefois), madame Broadaxe l'avait métamorphosée ; tout-à-coup la porte s'ouvrit, et M. Sickles entra. Casper se dressa vivement, bien réveillé.

— Eh bien ! mon petit ami, dit M. Sickles, d'où viens-tu ?

— Je n'ai été nulle part, répondit l'enfant.

Tu t'es donc amusé une quinzaine de jours dans ton lit. Je n'en ai pas parlé à ma femme, de crainte que ce passe-temps ne fût pas de son goût.

Casper sourit. Il brûlait de savoir ce que le fermier allait lui dire, il se rappelait les paroles de son père

Eh bien ! mais ta maison me paraît charmante ; tu disais le contraire.

— Je ne la trouve pas charmante, moi ! Oh ! si maintenant qu'il n'y a ici que madame Broadaxe, et qu'elle a tout nettoyé !

— Ah ! oui, tu as raison, c'est bien changé.... Et comment trouves-tu la chaumière de madame Cheerful, t'y plairais-tu ?

— Oh ! oui, beaucoup.

— Mais tu n'aimes pas Ruth, je crois ?

Casper secoua la tête en riant, comme pour dire : Vous vous trompez bien.

— Et que penses-tu de ma maison ?

—Je la trouve très-belle, et madame Sickeles aussi.

Ceci fit rire le fermier, qui pensait probablement comme Casper.

— Ainsi tu aimes bien madame Sickles, ajouta-t-il.

— Oui, de tout mon cœur, et le portrait aussi.

M. Sickles attisa le feu pendant quelques minutes avant de répondre.

— Tu feras mieux de n'aimer que ma femme, et de ne jamais lui parler du portrait, reprit-il... Il est très-heureux d'ailleurs que tu aimes madame Sickles... Tu la verras demain chez madame Cheerful, elle y dîne.

Casper ne comprenait guère comment il la verrait... Peut être viendrait-elle en passant ?... Mais son père lui avait interdit toute question, il se conforma à cet ordre.

— M. Broadaxe et moi allons partir, ajouta M. Sickles ; madame Broadaxe a besoin de retourner chez elle demain. Je crois que nous serons obligés de t'emmener, à moins que tu ne préfères rester seul ici ? Mais je ne crois pas.

Casper sourit ; l'idée d'être emmené le ravissait, mais il ne savait ce que tout cela signifiait.

— Je viendrai demain matin, reprit le fermier en prenant Casper par le menton et le regardant dans le blanc des yeux ; je viendrai avec ma voiture, et si tu es prêt, nous t'y placerons... Si tu ne l'es pas... nous t'attendrons... Au revoir. Il partit.

A peine si Casper put fermer l'œil cette nuit-là... Il ne pensait qu'au lendemain. Cette agitation inquiéta l'excellente madame Broadaxe, mais elle se rassura lorsque le matin elle vit l'enfant plus fort que la veille. Il n'avait pas grand faim, aussi son déjeuner ne fut pas long.

Dès qu'il l'eut terminé, il s'assit dans le grand fauteuil, près du feu, les yeux fixés sur la porte, l'oreille tendue. Comme son cœur battit quand il entendit le roulement des roues, et la voix de M. Sickles criant : Ho ! ho ! à son attelage.

Un instant après, entra madame Sickles ; elle courut

à Casper, l'embrassa, lui prit les mains ; puis elle et
madame Broadaxe enveloppèrent bien le petit conva-
lescent, et le placèrent dans la charrette. Quand tout
le monde y fut installé, le fermier donna le signal,
et les bœufs se mirent paisiblement en route.

Casper ne pouvait contenir sa joie; depuis quinze
jours qu'il n'était sorti, il lui semblait que tout était
embelli. Du reste, le temps était admirable, la nature
avait un air de fête ; jamais on n'avait vu le ciel plus
bleu, le soleil plus radieux. Les oiseaux chantaient,
voltigeaient comme ivres de bonheur ; les écureuils, les
papillons semblaient s'associer à la joie universelle.

On avait assis l'enfant sur un tel amas de châles et
de couvertures, qu'il disparaissait presque dedans,
comme dans un lit de plumes.

Madame Broadaxe et madame Sickles étaient derrière
lui, de sorte qu'il pouvait s'appuyer sur elles, s'il était
fatigué. M. Sickles, à pied, guidait les bœufs.

Casper aperçut, en passant, madame Clamp à sa

porte. Il était si heureux qu'il se sentait bien disposé pour tout le monde.

— Au revoir! lui cria-t-il, je pars pour toute la journée.

Madame Clamp ne répondit pas ; elle resta immobile, regardant avec surprise la charrette et les bœufs.

M. Broadaxe rejoignit les voyageurs sur la lisière de la forêt ; il avait, à la main, un grand panier, semblable à un autre que madame Sickles avait apporté dans la voiture.

On arriva bientôt chez madame Cheerful.

Comme chacun était content, Ruth accourut à la porte, en battant des mains de joie : Casper ne se sentait pas de bonheur, et Chip faisait des bonds incroyables.

On porta Casper dans la maison, et on l'assit dans un fauteuil, tout à côté du feu. Ruth se plaça auprès de lui, et tous les deux, oubliant ce que disaient les grandes personnes, firent des projets pour les jeux d'hiver.

— Si j'avais un traîneau, disait Casper, comme j'aimerais à te conduire au village dedans.

M. Sickles, qui les écoutait, dit en riant :

— Je vous prêterai celui de mes bœufs.

— Oh ! alors, s'écria Ruth, je ferai bien, au lieu de me mettre dedans, d'aider Casper à le traîner.

Mais tout-à-coup la figure du petit garçon se rembrunit, il cessa de rire.

— Qu'as-tu ? dit Ruth avec anxiété. Tu es malade ?

— Non, répondit Casper. Mais si tu savais, Ruth...

— Quoi donc ?

— Papa est parti chercher de l'ouvrage dans un autre village, et s'il en trouve, il viendra me chercher... alors je ne serai plus ici l'hiver prochain !

— Oh ! il faut espérer que si, dit-elle souriant tout d'abord, puis reprenant ensuite l'air grave. Madame Clamp a-t-elle eu du chagrin de te voir partir ?

— Je n'en sais rien... elle ne m'a même pas dit : Au revoir... Peut-être a-t-elle pensé que pour un jour, cela n'en valait pas la peine.

— Peut-être, répondit Ruth, souriant de nouveau.

— Pourquoi ris-tu ainsi? demanda Casper, que le souvenir de son père et de madame Clamp n'égayait pas.

— Je ris parce que je suis heureuse, voilà tout.

— Madame Clamp est-elle souvent venue te voir pendant ta maladie?

— Je ne crois pas... Une fois elle est venue, et j'ai fermé les yeux pour ne pas la voir. O Ruth! j'ai tant couru après sa vache, j'ai éu tant de peine à la retrouver, et elle ne m'a pas seulement remercié... elle est si laide encore...

— Qui? madame Clamp?

— Non, je voulais parler de la vache. Elle est aussi laide que...

— Aussi laide que quoi?

— Autrefois, j'aurais dit : aussi laide que sa maî-

tresse... mais je ne veux plus dire de mal de personne.
On est si bon pour moi !

Ici la conversation des deux enfants fut interrompue.

—Ruth, dit madame Cheerful, il est temps de mettre la table.

— Oui, dit le fermier, si tu n'ôtes pas bien vite les poulets du panier de ma femme, ils en sortiront tous seuls.

Ruth rit aux éclats, elle était si gaie ce jour-là; elle se hâta de préparer le couvert. Casper la regardait constamment.

La pauvre petite fille était bien embarrassée ; sa mère ne possédait que trois couverts et trois assiettes. Comment faire ? Madame Sickles vint à son secours : « Regarde dans mon panier, dit-elle, tu trouveras ce qui te manque. En effet, il y avait des fourchettes et des couteaux. Madame Broadaxe avait pensé aux assiettes, et la table fut ainsi bientôt prête.

Elle se trouva couverte de poulets qui n'avaient garde

de se sauver, car ils étaient rôtis, de pâtés et de gâteaux.
Le dîner se passa gaîment, tout le monde était si heureux !... Casper surtout.

Le repas achevé, on fit cercle autour du feu, et
M. Broadaxe produisit un sac de châtaignes, qu'on décida de faire rôtir tout en causant.

Maintenant, dit M. Sickles, racontez-nous une histoire, M. Broadaxe.

— Oh ! oui, s'écrièrent ensemble les deux enfants.

— Une histoire ! dit le bûcheron, mais je n'en sais
pas... à moins que je ne vous parle d'écureuils.

— Eh bien ! c'est cela, dit-on.

M. Broadaxe ne se fit pas prier davantag.

— Pendant que je cueillais ces châtaignes, dit-il, un
petit écureuil rouge m'observait. Quand j'en eus assez,
je commençai à les retirer de leur coque verte. L'animal
les convoitait, mais il n'osait pas trop y toucher. Enfin,
j'eus pitié de sa gourmandise, et lui jetai une châtaign.

— Qu'il mangea ! dit Casper.

—Pas du tout... il se sauva avec, grimpa sur l'arbre, déposa le fruit dans sa demeure, et revint en chercher un autre. Il fit ce manége, tant que je lui en jetai...

— Pourquoi donc ne les mangeait-il pas? demanda Casper.

— Il les mettait de côté pour l'hiver, mon enfant. Justement comme Ruth fera de cet autre sac qui est là-bas.

— O M. Broadaxe, vous êtes trop bon, dit Ruth quoi! tout cela est pour moi!

— Sans doute, mon enfant. A vous, M. Sickles, et dites-nous une histoire plus intéressante.

— C'est à votre tour, dit le fermier à madame Broadaxe.

— A moi, mon Dieu! je n'ai rien à raconter, si ce n'est que j'ai attrapé cinq souris dans ma souricière, et que Winskie s'est permis d'aller dans la laiterie. Je l'ai vu à ses moustaches.

— S'il avait eu au moins la précaution de se raser avant d'aller goûter à la crème, dit M. Sickles.

Cette idée fit beaucoup rire les enfants.

— Allons, maintenant, madame Sickles, dit le fermier, raconte-nous quelque chose de gai.

— Je ne sais rien non plus, si ce n'est qu'une couvée de petits poulets a perdu sa mère. Mais cela ne vaut pas la peine qu'on m'écoute.

— Oh! si, madame Sickles, dirent Ruth et Casper.

— Et puis cela a l'air bien gai, ajouta le mari.

La bonne fermière ne fit pas attention à l'ironie, elle prit une chaise à côté des enfants :

« Une poule, dit-elle, avait pondu dix œufs dans le gazon; personne ne le savait, lorsqu'un jour je la vis apparaître, suivie de ses dix poussins. Elle en avait grand soin jour et nuit; par malheur, elle rôdait souvent loin de la maison; elle fut attaquée et dévorée par une belette. J'ai recueilli les pauvres petits orphelins; ils sont au coin du feu, dans un grand panier, je les nourris, et j'espère que je les élèverai. »

— C'est à madame Cheerful, à présent, dit M. Broadaxe.

— Moi, dit la bonne aveugle, je connais un petit garçon qui est resté sans mère, tout comme ces poussins. Il croyait que personne ne veillait sur lui et se trouvait fort à plaindre. Pourtant la divine providence ne l'abandonnaient pas, et tout ce qui lui arrivait était pour son bien. Dieu lui donna des amis qui s'intéressent bien à lui. — Le bon Pasteur le guide sans cesse, le protége du haut du ciel; mais le petit garçon n'y pense pas toujours.

— O madame Cheerful! s'écria Casper, se levant et venant s'agenouiller auprès de la mère de Ruth, c'est à vous que je dois de connaître le bon Dieu et de ne plus être malheureux!

M. Sickles n'avait encore rien raconté.

— Mon histoire à moi, dit-il, c'est qu'il est temps que chacun rentre chez soi.

Casper tressaillit : retourner seul chez lui après une semblable journée, c'était bien cruel !

— Eh bien, Casper, es-tu prêt ? dit le fermier.

— Oui, quand madame Broadaxe voudra, répondit l'enfant, renfonçant ses larmes.

— Madame Broadaxe rentre chez elle ; c'est moi qui t'emmène.

Casper n'osa rien répondre, il baissa les yeux, le cœur bien gros.

— O M. Sickles ! dit sa femme.

— Je vous en prie ! ajouta Ruth d'un air suppliant.

— Allons, voyons, consolez-vous tous.

Casper, j'ai dit à ton père que j'avais besoin d'une espèce de petit paresseux pour nourrir mes volailles, courir après mon chien, manger de la tarte, etc. Il m'a assuré que tu ferais à merveille mon affaire. Qu'en penses-tu ?

— Mon père veut bien que j'aille vivre avec vous ? dit Casper, tremblant de joie.

— Puisque je te le dis... après tout tu n'y es pas forcé mais si tu ne veux pas, ne le dis pas à ma femme... elle t'aime trop.

Casper ne put rien répondre. Il fondit en larmes. Mais c'étaient des larmes de joie et de gratitude.

—

## ÉPILOGUE.

De longues années s'écoulèrent', pendant lesquelles Casper fut si heureux, qu'il perdit jusqu'au souvenir de son malheur passé. Il fut béni de Dieu, car il ne cessa de lui être soumis et reconnaissant. Plus tard, lorsqu'il fut homme, la bonne Ruth qui avait été l'ange gardien et le modèle du pauvre petit abandonné, devint son épouse. M. et madame Sickles n'ayant pas d'enfant, et aimant Casper comme leur fils, lui donnèrent leur ferme.

Ils restèrent avec lui, et firent venir la bonne madame Cheerful, qui n'aurait pu vivre séparée de sa chère
Ruth. Ils vécurent ainsi tous ensemble, et rien n'égala
leur bonheur. Le bûcheron et sa femme furent toujours
leurs meilleurs amis ; Casper n'oublia pas ce qu'il devait à leurs bons conseils et à leur affection.

# LA SOIRÉE

## DU LENDEMAIN DE NOEL,

ou

### L'ANNIVERSAIRE DE SUZANNE.

# I

Oh ! qu'elle est jolie   qu'elle est jolie ! jamais je n'ai
rien vu d'aussi ravissant ! s'écriait la petite Agnès
Larton, en contemplation devant une robe de tarlatane
blanche garnie de dentelle et de nœuds de satin rose.
C'était la parure qu'elle devait porter le surlendemain
à une réunion d'enfants qui avait lieu pour fêter l'anniversaire de sa cousine Suzanne. « Que je serai bien
avec ! je suis sûre que tout le monde me remarquera, »
ajouta la petite orgueilleuse. Suzanne aura, sans doute,
sa robe de mousseline unie, comme à l'ordinaire... de

quoi aura-t-elle l'air à côté de moi, avec ses cheveux courts et ses petits yeux ?... Et Agnès s'assit devant une glace et commença à arranger avec coquetterie, les longues boucles de sa belle chevelure blonde.

— Fi ! que c'est vilain, mademoiselle, dit en entrant, madame Mill, sa gouvernante, qui l'avait entendue. Rappelez-vous que la beauté du visage n'est rien sans la bonté du cœur... Assurément toutes les personnes raisonnables vous préfèreront votre cousine Suzanne, quoiqu'elle n'ait ni vos longs cheveux ni vos grands yeux, parce qu'elle est douce, modeste et obéissante.

— Vous ne pouvez pas juger de cela, vous, madame Mill, repartit Agnès avec dédain ; mais *moi*, qui ai parfaitement entendu ce que madame Hamilton disait hier à maman, je sais à quoi m'en tenir.

— Qu'avez-vous donc entendu, mon enfant ?

— Qu'il est très facile de voir que je suis une enfant comme il faut, à ma mise élégante, à ma grâce, à ma manière de causer ; tandis que Suzanne est toujours mal arrangée et n'a pas un mot de conversation.

— Votre oncle n'est pas aussi riche que votre père, Agnès, et, par conséquent, la toilette de ses enfants ne peut être semblable à la vôtre ; mais croyez-vous donc que la richesse des vêtements donne du mérite ?... Je pourrais fort bien vous dire laquelle de vous deux on a prise pour la mieux élevée et la meilleure, hier, dans le parc, au moment où votre cousine s'est baissée pour relever l'enfant d'une pauvre mendiante, tandis que vous vous plaigniez avec colère de ce qu'il avait sali votre bottine. Ah ! ma chère enfant, rien n'est plus aisé que de porter de belles robes !

— Oh ! que vous êtes extraordinaire, madame Mill ! comme s'il eût été convenable de me voir, *moi*, la fille d'un avocat, toucher l'enfant d'une mendiante ! vraiment, madame, vous ne comprenez pas ces choses-là !

— C'est très-vrai, Agnès, mais il en est d'autres que je comprends mieux que vous. Je sais, par exemple, que riches ou pauvres, nous sommes tous égaux aux yeux de Dieu... et qu'un simple lis, c'est-à-dire un cœur pur, est plus beau que les ornements du plus grand roi du monde.

La conversation entre Agnès et sa gouvernante fut alors interrompue par madame Larton, qui fit demander sa fille, pour l'emmener se promener en voiture avec elle.

Agnès Larton n'avait que neuf ans; mais comme elle était fille unique et fort gâtée par sa mère, elle avait pris le ton et les manières d'une enfant beaucoup plus âgée, en se trouvant sans cesse dans la société des grandes personnes. Monsieur Larton, absorbé par le soin des affaires, n'avait guère le temps de s'occuper d'Agnès ; il l'aimait extrêmement, et ne cherchait jamais à la réprimer pendant les courts instants qu'il passait avec elle.

Madame Larton, femme vaine et futile, qui ne pensait réellement qu'à la toilette et au plaisir, encourageait, sans le vouloir, les mêmes défauts chez sa fille. À neuf ans, Agnès était donc une petite vaniteuse, fort égoïste, qui méprisait, en général, tous ceux qui n'avaient ni une aussi belle maison ni une mise aussi recherchée que la sienne.

Son instruction n'avait pas été plus sagement dirigée que son éducation morale. Chaque jour une institutrice en renom venait passer deux heures avec Agnès, qui devait ensuite étudier avec madame Mill. Mais la maîtresse s'était bientôt aperçue que pour gagner les bonnes grâces de la mère, il fallait gâter et flatter l'enfant, et que d'ailleurs peu importait le reste, pourvu que l'élève pût toucher du piano passablement, et bien danser.

Il y avait autant de différence entre Suzanne Manners et sa cousine Agnès, qu'entre la simple et sérieuse madame Manners et l'élégante madame Larton. Monsieur Manners n'était pas riche, mais ses désirs et ceux de son aimable compagne étaient fort modérés; entourés de leurs quatre enfants qu'ils avaient élevés, avec

une sage tendresse, ils étaient heureux et ne regrettaient
pas la fortune. Suzanne, leur fille aînée, avait onze
ans; sa mère était occupée elle-même de son éducation,
à l'exception de la musique et du dessin que lui ensei-
gnaient des professeurs. Elle n'était pas jolie comme
Agnès, mais on se sentait attiré vers elle, par son air
doux et affable, et dès qu'on la connaissait un peu,
on était frappée de son bon sens et de sa raison : car,
croyez bien, jeunes lecteurs, qu'il est possible d'être
raisonnable à onze ans.

## II

Le lendemain était Noël, et le jour suivant, l'anniversaire de Suzanne. Ses parents voulaient le fêter de
manière à prouver à leur chère fille combien ils étaient
satisfaits de sa bonne conduite. Ils avaient donc promis
de réunir toutes ses petites amies et tous les camarades
de ses frères.

Agnès avait été invitée une des premières, et nous
avons vu avec quelle joie orgueilleuse elle se flattait
d'éclipser sa cousine, par la beauté de sa toilette. Lais-

sons-la un instant, et voyons comment Suzanne se pré-
pare de son côté pour *le grand jour*.

Il y avait chez son père une vaste chambre qui n'é-
tait pas habituellement occupée, et qu'on réservait pour
un ami, si parfois il venait passer quelques jours dans
la famille. Il fut convenu que ce serait la salle consa-
crée à la réunion d'enfants, et chacun se mit en devoir
de la décorer de guirlandes de lierre, de houx et des
fleurs de la saison. « Chère maman, disait Suzanne en
montrant une jolie couronne qu'elle venait de terminer, voulez-vous bien y mettre un nœud de ruban?
je vais la placer au-dessus du trône que nous avons
fait pour M. l'abbé Barton ; c'est là qu'il s'assiéra quand
il nous aura montré son beau microscope, et la lanterne magique. »

L'abbé Barton était un digne ecclésiastique , vieil
ami de la famille, et justement chéri des enfants, qu'il
se plaisait à instruire et à amuser. Il était si attentif à
ce qu'il leur expliquait, il y prenait un si vif intérêt ,

qu'il ne se lassait jamais de s'occuper d'eux. Suzanne était sa petite favorite ; c'était lui qui la préparait pour sa première communion ; il avait promis de contribuer de tout son pouvoir aux plaisirs de la fête dont elle était la reine. Il devait donc apporter un microscope afin de leur montrer ce monde d'insectes dont ils ne pouvaient soupçonner l'existence, et de plus leur faire cadeau d'une belle lanterne magique !... Oh ! avec quelle impatience ils attendaient tous cet heureux moment !

Enfin la décoration de la salle fut achevée. C'était vraiment fort joli, et Suzanne et ses frères se mirent à danser de joie, en voyant leurs efforts si bien couronnés de succès. Voyons, maman, s'écrièrent-ils tous, c'est vous qui devez vous asseoir la première sur le trône! Et ils entraînèrent leur mère vers un siége plus élevé que les autres et placé sous une espèce de dais orné de fleurs et de rubans. C'est vous qui êtes notre reine, sans votre aide et vos conseils, nous ne serions jamais parvenus à si bien arranger tout cela!

— Je vous fais mon compliment de votre travail de ce matin, mes chers enfants, dit madame Manners, s'asseyant en souriant sur le fauteuil d'honneur; vous avez tout disposé avec beaucoup de goût et d'adresse, et j'espère que vous en serez récompensés ce soir, et que vous vous amuserez bien.

— Si la soirée ressemble à la matinée, je serai bien content moi toujours! s'écria Edouard Manners en embrassant affectueusement sa mère. A cet instant la porte s'entr'ouvrit, et M. Manners parut : Veut-on bien me recevoir? dit il en riant.

— Oh! oui! oui! papa; venez que nous vous présentions à notre reine, répondirent les enfants, en le conduisant près de leur mère.

— Cette salle fait vraiment honneur à la reine et à ses sujets, dit M. Manners, souriant, mais, de grâce, pour qui tous ces siéges? Qui donc attendez-vous?

— Suzanne m'a fait une demande que j'ai cru ne devoir pas rejeter, répondit madame Manners, elle m'a priée de permettre que, pour son anniversaire, douze des enfants les plus sages de l'école de charité fussent de la fête, et vinssent voir la lanterne magique ; et puis nous avons invité tous les amis de Suzanne et de ses frères. Tu vois que nous serons assez nombreux.

— Très-bien ! répondit M. Manners « *plus on est de fous mieux on rit...* Tiens, ma bonne Suzanne, voici mon cadeau, ajouta-t-il, en tirant de sa poche un petit paquet ; j'espère que cela te fera plaisir, et te sera utile.

Les yeux de Suzanne brillèrent de joie, en recevant le petit paquet. Elle s'empressa de l'ouvrir et trouva une jolie boîte à couleurs, marquée à son chiffre et contenant tout ce qui est nécessaire pour peindre et pour dessiner.

— Oh ! merci, papa, dit-elle, en sautant au cou de

M. Manners ; c'est précisément ce que je désirais le plus !

— Je suis bien aise d'avoir réussi à ton gré, ma chère enfant ; il est inutile de te recommander d'en faire un bon usage, car c'est la récompense méritée des progrès que tu as faits cette année dans ton dessin.

Et Suzanne fut aussi heureuse de cet éloge de son père que du joli cadeau qu'elle venait de recevoir.

Maintenant retournons un peu vers Agnès et sa belle robe.

# III

Bien que sa gouvernante lui répétât qu'elle ne partirait pas avant six heures, elles commença à tourmenter pour qu'on l'habillât avant qu'il en fût trois.

Prenez un livre ou des joujoux, Agnès, et ne m'importunez pas ainsi, disait la pauvre madame Mill ; il est encore beaucoup trop tôt pour s'occuper de votre toilette.

— Je n'ai pas envie de lire, et cela m'ennuie de jouer, répondait Agnès, et d'ailleurs je suis sûre que je serai en retard.

— Mais non, mon enfant, soyez tranquille... Je vous assure que vous serez prête avant le retour de votre maman, et vous savez bien qu'il faut l'attendre, puis-qu'elle a la voiture.

Ce fut en vain que la bonne gouvernante tâcha de faire patienter la petite coquette; elle avait tellement hâte de mettre sa superbe robe blanche, qu'elle n'écou-tait aucun raisonnement.

Pour avoir la paix, on lui céda! Elle était si gâtée que sa mère voulait qu'on écoutât ses caprices, plutôt que de la contrarier. On commença donc à la coiffer; c'était bien long de friser les beaux cheveux d'Agnès, et pourtant elle fut encore prête une heure d'avance. Elle employa ce temps à s'admirer dans toutes les glaces; elle se trouvait ravissante et était radieuse.

— N'est-ce pas, madame Mill, disait-elle à sa gouver-nante, que je suis bien belle, comme ça! Je voudrais déjà être arrivée, pour voir l'effet que je produirai.. Il y aura là, bien sûr, les demoiselles Henson qui sont toujours si mal mises. Oh! que penseront-elles quand j'entrerai !... Jamais de leur vie, j'en suis certaine, elles n'ont vu une toilette aussi élégante.

Sa gouvernante n'interrompait pas son orgueilleux bavardage; car elle ne savait que trop l'inutilité de ses remontrances, et elle gémissait tout bas de voir la vanité gâter entièrement le naturel de cette pauvre enfant. Mais Agnès voulait des compliments, et le silence de madame Mill la blessait.

— Vous ne me trouvez pas à votre goût, à ce qu'il paraît ? dit-elle d'un air ironique.

— Non, répondit avec calme sa gouvernante, quoique votre toilette soit charmante. Mais vous savez bien, mon enfant, que les personnes sensées n'estiment que les qualités du cœur, et attachent peu d'importance aux ajustements.

— Nous en jugerons ce soir, repartit Agnès. Je vous répéterai tout ce qu'on aura dit de moi, et vous verrez que vous vous trompez grandement. Il y a peu de toilettes d'enfant comme la mienne, et elle ne peut manquer d'être admirée.

Enfin le moment tant désiré arriva, madame Barton rentra, s'extasia devant sa fille, l'embrassa, et Agnès partit à cette soirée qu'elle considérait comme un triomphe assuré. Le dîner fut bien gai ce jour-là chez monsieur Manners. Les demoiselles Henson dont Agnès faisait fi à cause de leur simplicité étaient deux petites filles charmantes, parfaitement élevées et les meilleures amies de Suzanne. Comme elles demeuraient trop loin, pour venir après leur dîner, elle étaient arrivées dans la journée, et le plaisir avait commencé de bonne heure pour elles et les enfants de M. Manners, car le bon abbé Barton avait été invité à partager le repas de famille. Il avait fait ample provision d'histoires et son petit auditoire l'avait remercié, comme de coutume, par une grande attention. Du reste, comme le pensait le vénérable ecclésiastique, c'était du temps sagement employé pour ces chers enfants; car il avait toujours soin d'entremêler ses récits de bons conseils, de pieuses réflexions qui ne pouvaient manquer de graver l'amour de la vertu dans ces jeunes cœurs. Les premières leçons laissent ordinairement des traces ineffaçables.

Dès que le repas fut terminé, on se dirigea vers la belle salle, où les divers amusements de la soirée de-vaient avoir lieu. Suzanne et ses frères marchaient les premiers, conduisant leurs petites amies. Que d'excla-mations elles poussèrent en apercevant les préparatifs de la fête !

Bientôt les douze élus de l'école de charité arrivèrent, rayonnantes de bonheur ; Suzanne les fit asseoir sur des bancs disposés pour elles. Peu à peu la salle se rem-plit, et tous les invités se trouvèrent réunis.

Il faut que ceux de mes jeunes lecteurs qui n'ont ja-mais vu de lanterne-magique, sachent qu'on ne peut voir les tableaux qu'elle représente, que dans une chambre complètement obscure. Il avait donc fallu reti-rer toutes les lumières ; on n'en avait laissé qu'une seule à l'entrée de la salle, où se tenaient madame Manners et Suzanne, afin de recevoir ceux qui arrivaient et de les conduire à leurs places. Quelle déception pour Agnès ! elle fut d'abord fort surprise de n'être point introduite, comme elle s'y attendait, dans le salon de réception de sa tante ; mais cette surprise se changea en profonde mortification, quand elle se vit conduire dans un endroit tout-à-fait sombre, où elle distinguait à peine sa tante et sa cousine !

— Par ici, Agnès, lui dit Suzanne en l'embrassant, nous t'avons gardé une bonne place où tu verras bien la lanterne-magique, et où tu entendras toutes les explications de l'abbé Barton. Telle était donc l'entrée triomphale qu'elle avait rêvée !... Ce ne fut pas tout : en allant à sa place, elle accrocha sa jolie robe à un clou qui sortait d'un banc, et elle y fit un grand accroc !

— Quel malheur que tu aies mis une si belle robe ! dit la bonne Suzanne, désolée.

Agnès était prête à fondre en larmes. C'était donc

là toute cette admiration sur laquelle elle avait compté ! Enfin elle gagna sa place et, la réunion, étant complète, la représentation commença.

De joyeux et bruyants rires suivaient chaque scène amusante de la lanterne-magique, qui fit paraître tour à tour, devant leurs yeux émerveillés, les aventures de *John Gilpin*, puis celles de Polichinelle. Les spectateurs, transportés, tapaient des mains, et trépignaient de joie.

Agnès ne partageait guère l'enivrement général, une seule pensée l'absorbait : on ne l'avait pas vue ! elle s'était peu à peu habituée à l'obscurité, et elle pouvait distinguer les petites filles qui étaient à côté d'elle. Elle fut donc enchantée de reconnaître, dans sa voisine de droite, une des demoiselles Henson, qu'elle avait tant à cœur d'éblouir par la magnificence de sa mise.

— Je crois qu'elle doit voir un peu ma robe, pensa-t-elle, en l'étalant de manière à attirer l'attention de sa compagne... Peine inutile !... Aimée Henson était bien trop occupée de la lanterne-magique pour s'inquiéter d'une robe, et Agnès éprouva encore un échec.

Enfin, la représentation se termina aux gais applaudissements de l'assemblée, et l'on apporta des lumières pour distribuer aux enfants des rafraîchissements, des fruits, des gâteaux, qui, je dois le dire, furent parfaitement accueillis.

Agnès eut un rayon d'espoir : On va me remarquer maintenant qu'il fait clair, se dit-elle. Mais non ; elle se trompait encore! Tous les enfants s'étaient précipités vers le bon abbé Barton pour le conduire vers son *trône*, personne ne s'occupa d'Agnès. Encore une déception pour la pauvre petite orgueilleuse!

— Merci, merci! criait l'excellent abbé, assis à sa place d'honneur, tout entouré de la joyeuse cohorte, dont les moins timides surchargeaient son assiette de bonbons et de patisseries.

— Assez, mes chers enfants... Voyons lequel d'entre

vous me dira le nom de l'auteur de John Gilpin, qui vous a tant amusés ?

Ils gardèrent tous le silence.

— Eh bien donc ! il faut que je m'adresse à ma petite amie Suzanne... Allons, ma chère enfant, ajouta-t-il en se tournant vers elle, qui est-ce ?

— Cowper, je crois, M. l'abbé, répondit modestement Suzanne.

— Très-bien, c'est cela même, ma bonne amie. Puis, tirant plusieurs livres de la poche de sa soutane, l'abbé Barton ajouta en en présentant un à Suzanne : « Tenez, voici les poëmes de Cowper ; gardez ce souvenir de notre vieil ami. »

Suzanne était bien heureuse. Agnès se trouvait, à ce moment, auprès d'elle, et l'abbé Barton, l'apercevant, lui dit avec bienveillance : « Et vous, ma petite mignonne, sauriez-vous me dire quels animaux le poète Cowper savait si bien apprivoiser ? »

La pauvre Agnès, qui savait à peine ce qu'était Cowper, était loin de pouvoir répondre ; elle rougit et baissa les yeux.

— Le savez-vous, vous, ma chère enfant? demanda l'abbé Barton à une toute petite fille de six à sept ans.

— Oui, M. l'Abbé, répondit-elle bien vite : c'étaient des lièvres.

— Précisément, s'écria M. Barton satisfait ; et il donna à l'enfant un joli livre d'animaux dont la couverture représentait Cowper avec ses trois lièvres favoris.

— Vous saurez, mes amis, reprit-il ensuite, que le poète Cowper était affligé d'une maladie qui le rendait fort triste, et sa plus grande distraction, quand il souffrait, c'était d'apprivoiser des lièvres qui devenaient familiers avec lui, comme des chats... Maintenant nous allons regarder à travers le miscroscope.

De joyeux applaudissements accueillirent cette proposition.

# IV

Le microscope est un verre grossissant, au moyen duquel on peut apercevoir des objets extrêmement petits qui échappent à l'œil nu.

Chacun eut son tour. Rien ne saurait peindre la surprise mêlée d'admiration de cette petite assemblée, en découvrant une foule d'êtres vivants dans la goutte d'eau qui, tout à l'heure, leur paraissait si limpide.

Le grain de sable semblait un brillant cristal ; l'aile de la mouche, qui jusque-là n'avait pas même attiré leur attention, était une véritable merveille.

— 242 —

L'abbé Barton pria ensuite madame Manners de lui
prêter une de ses plus fines aiguilles.

Grand fut l'étonnement des enfants en la voyant, à
travers le microscope, transformée en une grosse
alêne ; et tous partirent d'un franc éclat de rire quand
l'abbé demanda, avec tout le sérieux possible, qui
voudrait lui ourler un mouchoir avec cette aiguille-là !

Lorsque les objets les plus curieux eurent été exa-
minés, Suzanne vint, au nom de tous, faire un appel
nouveau à la bonté de son digne ami. On avait grande
envie de jouer aux petits jeux, et c'était en lui qu'on
espérait pour les organiser.

— Un jeu à gages, M. l'Abbé, dit Édouard.

— Oui, oui, aux gages ! s'écria-t-on de toute part.

— Soit ! répondit le complaisant abbé, heureux
du plaisir de ces chers enfants.

— Je suis le grand Sultan des Turcs, et vous tous
des marchands des diverses contrées du monde, venant

à ma cour, pour vendre vos marchandises. Je demanderai à chaque marchand de quel pays il est, et ce
qu'il a à vendre ; et, s'il ne nomme pas les productions qui appartiennent réellement au pays qu'il aura
choisi comme patrie, il donnera un gage. Quand nous
en aurons recueilli un nombre suffisant, on les tirera.

Cette idée enchanta toutes les jeunes têtes ; c'était
un jeu nouveau, et, tout bas, chacun méditait déjà
ses réponses.

— Qui va commencer, M. l'abbé? dit Edouard.

— Toi, mon petit homme, si tu veux.

Edouard s'avança donc et s'inclina profondément devant l'abbé Barton, qui lui demanda d'un ton solen-
nel :

— Marchand, d'où venez-vous?

— Du Groënland, Sire ; répondit Edouard.

— Et qu'apportez-vous de ce triste et froid pays? repartit le sultan.

Vingt tonneaux d'huile de baleine, que je désire vendre à Votre Majesté.

— Et pourquoi ne nous apportez-vous pas d'huile à manger, marchand?

— Sire, parce que l'olivier ne croît que dans les pays chauds, on n'en peut cultiver au Groënland.

—C'est très-bien répondu, dit M. Manners, et Edouard, triomphant, retourna à sa place.

Catherine Henson parut ensuite.

— Je viens du midi de la France, dit-elle.

— De quoi se compose votre cargaison? demanda le sultan.

— De vins, d'eau de vie et de soie.

Le sultan répondit par un sourire approbateur, et le petit marchand français se retira.

Pendant tout ce temps-là, Agnès ne s'amusait guère. Qu'est-ce que signifie ce jeu? se disait-elle, il est très ennuyeux... on ne dansera donc pas! Elle avait espéré fixer l'attention par sa grâce et par sa toilette, et elle se

trouvait réduite à un jeu qui lui révélait son ignorance.

— Est-ce que tu ne t'amuses pas, Agnès? lui demanda
Suzanne, qui remarqua son air triste. Est-ce que tu
n'aimes pas ce jeu?

— Si... je... je l'aimerais peut-être... mais je ne le
comprends pas, dit-elle en hésitant; que ferai-je quand
viendra mon tour?

— Ne te tourmente pas, ma chère Agnès, répondit
Suzanne avec bonté, je te dirai ce qu'il faudra faire.

De grands éclats de rire vinrent, en ce moment, in-
terrompre les deux cousines. Une petite fille, nommée
Louisa, s'était présentée au Sultan, en prétendant arriver d'Angleterre, et quand il lui avait demandé ce
qu'elle avait à bord de son navire, elle avait répondu :
Des oranges et des raisins!

— Louisa s'est donc trompée? demanda à Suzanne
Agnès, qui commençait, grâce à cette dernière, à pren-

dre un peu plus d'intérêt au jeu. Pourtant il y a bien ici des oranges et des raisins ; j'en vois tous les jours.

— Oui, ma chère, c'est vrai, il y en a beaucoup, mais ils ne poussent pas en Angleterre ; ils viennent des pays chauds; ce ne sont pas les productions de notre contrée, par conséquent Louisa n'a pas bien répondu.

— Comment as-tu appris tout cela, Suzanne, demanda Agnès.

— Je l'ai lu... Tu sais que papa a une belle bibliothèque ; quand il est content de nous, il nous prête les livres qui peuvent nous instruire et nous intéresser; si tu voulais, Agnès, je suis sûre qu'il te les prêterait aussi.

— C'est à toi, ma sœur, cria Edouard.

Suzanne s'avança alors respectueusement vers le sultan, et ayant fait le salut d'usage, elle annonça qu'elle arrivait de Chine, avec une cargaison de thé, de riz et de soie.

Tous les autres enfants se présentaient tour-à-tour ;

les uns, comme Suzanne et son frère, firent des réponses justes, les autres furent condamnés à donner des
gages. Suzanne avait eu le temps de préparer Agnès à
paraître, lorsqu'on l'appela.

— Tu répondras : Je viens des rives du golfe Persi-
que, et j'apporte une belle collection de perles fines,
lui avait-elle dit.

— La petite fille approcha et répéta les paroles de sa
cousine. Hélas ! ses tribulations n'étaient pas à leur
terme.

— Et où avez-vous trouvé ces perles, M. le marchand ? lui demanda l'abbé Barton.

— Agnès ne savait pas... Elle rougit, baissa les yeux,
resta confuse.

— Un gage ! un gage ! cria-t-on de tous côtés.

Agnès en donna un, et regagna sa place avec humiliation !

— Que je suis fâchée, dit Suzanne, d'avoir oublié de
te dire qu'on trouve les perles fines dans une espèce

d'huître, que des plongeurs vont chercher au fond de la mer ! Je croyais, du reste, que tu le savais.

Angnès ne répondit rien : elle réfléchissait... Quand chacun se fut présenté à son tour, on tira les gages ; puis, après avoir pris quelques rafraîchissements, la petite bande joyeuse se dispersa.

Ils allèrent raconter tous les plaisirs de la soirée à leurs mères, et long-temps le souvenir de l'anniversaire de Suzanne resta gravé dans leur mémoire. Agnès seule rentra chez elle toute contristée.

—

## V

— Eh bien ! mon enfant, lui dit sa gouvernante, vous êtes-vous bien amusée ?

— J'ai mal à la tête, je suis fatiguée, dit Agnès, éludant les questions de sa gouvernante. Voulez-vous me déshabiller bien vite, s'il vous plaît, madame Mill.

Madame Mill comprit aisément qu'Agnès n'avait pas eu le succès qu'elle avait rêvé. Puisse cela lui servir de leçon, pensa-t-elle, et elle s'abstint de rien ajouter ce soir-là.

Agnès alla se mettre au lit, mais elle ne dormit pas. Elle avait bien souffert pendant cette soirée, pourtant sa conscience lui disait qu'elle l'avait mérité. Elle avait compris pour la première fois que ni le luxe de la toilette ni les avantages extérieurs ne sauraient remplacer les qualités et l'instruction. Elle s'était vue, elle riche, jolie, parée, obligée de rougir de sa propre ignorance devant les pauvres enfants de la charité ! Sa belle robe n'avait pu la préserver de l'humiliation et ne lui avait pas valu un seul éloge !... Madame Mill avait eu raison : on ne s'élève au-dessus des autres qu'en étant meilleurs et en possédant plus de connaissances qu'eux...

Dans la solitude de la nuit, elle prit donc une bonne résolution, qu'elle exécuta dès le lendemain.

— Maman, dit elle, le matin suivant au déjeuner, voulez-vous me permettre d'aller voir Suzanne.

— Certainement, si cela t'amuse, ma fille, répondit

madame Larton. Ta gouvernante te conduira ; vous pourrez prendre la voiture, je n'en ai besoin qu'à cinq heures, tu seras de retour avant, n'est-ce pas ?

— Oh ! oui, maman, bien sûr ; je ne serai pas long-temps.

Immédiatement après le déjeuner, Agnès partit, accompagnée de madame Mill, qui la menait toujours avec grand plaisir chez madame Manners, car elle n'y avait que de bons exemples, et n'y recevait que d'excellents avis. Quand Agnès arriva, sa tante était dans la salle d'études avec ses enfants, qu'elle faisait travailler comme de coutume. Elle fut bien surprise lorsqu'on vint l'avertir que sa nièce l'attendait au salon, et désirait lui parler un instant seule.

Madame Manners se hâta d'aller trouver Agnès.

— Qu'as-tu donc, mon enfant, dit-elle en entrant, tu es toute pâle, serais-tu malade ?

— Oh ! ma tante, s'écria Agnès, en se jetant dans les bras de madame Manners ; voulez-vous m'apprendre à être bonne et instruite comme Suzanne ?

— Avec le plus grand plaisir, ma chère Agnès, répondit sa tante en la pressant contre son cœur, et je t'assure que je suis bien heureuse de t'entendre me faire cette prière.

— Jamais, reprit Agnès, je n'avais senti combien on est à plaindre de ne rien savoir ; mais hier soir... Oh ! si j'avais étudié comme Suzanne ! Et la pauvre Agnès fondit en larmes.

— Ne pleure pas, mon enfant, lui dit sa tante avec douceur, du moment que tu comprends ton ignorance et que tu la déplores, tu répareras le temps perdu !

Oui, bonne tante, je vous l'assure : je travaillerai bien, je m'appliquerai, mais aidez-moi... Voulez-vous que je vienne tous les jours apprendre avec Suzanne ?

— Si ta maman te le permet, ma chère Agnès, j'en serai enchantée.

— Oh ! merci ! merci ! ma bonne tante, s'écria Agnès, en embrassant madame Manners avec effusion. Maman ne me refusera pas, je l'espère ; voulez-vous venir avec moi le lui demander ?

Madame Manners ne pouvait rejeter une semblable requête ; elle accompagna donc sa nièce, sans hésiter.

Madame Larton, toujours disposée à exaucer les vœux de sa fille, qu'ils fussent raisonnables ou non, consentit sans peine à ce qu'elle désirait. D'ailleurs elle n'y attacha pas grande importance, considérant cela comme une des mille fantaisies de l'enfant gâtée.

Mais l'avenir prouva que ce n'était pas un caprice, Agnès persévéra.

Les deux cousines devinrent bonnes amies. Agnès, douée d'intelligence naturelle, fit de rapides progrès, sous la direction sage et éclairée de sa tante. Elle se corrigea peu à peu de ses défauts, grâce au bon exemple de Suzanne, et elle apprit que nous devons avoir un plus noble but que d'éclipser les autres par notre luxe et nos avantages physiques.

Elle n'oublia jamais cette soirée du lendemain de Noël, où elle avait tant souffert, et elle avoua, avec franchise, que son orgueil et sa vanité avaient été bien punis.

FIN.

LIMOGES. — IMPRIMERIE DE BARBOU FRÈRES.

www.ingramcontent.com/pod-product-compliance
Lightning Source LLC
Chambersburg PA
CBHW070507030726
47503CB00004B/1191